내가 제일 잘 나가는 재벌이다

봉황송 현대판타지 장편소설

내가 제일 잘나가는 재벌이다 1

초판 1쇄 발행 2023년 11월 20일

지은이 ǀ 봉황송
발행인 ǀ 최원영
편집장 ǀ 이호준
편집디자인 ǀ 한방울
영업 ǀ 김민원

펴낸곳 ǀ ㈜ 디앤씨미디어
등록 ǀ 2002년 4월 25일 제20-260호
주소 ǀ 서울시 구로구 디지털로 26길 111 JnK디지털타워 503호
전화 ǀ 02-333-2513(대표)
팩시밀리 ǀ 02-333-2514
E-mail ǀ papy_dnc@dncmedia.co.kr
블로그 ǀ blog.naver.com/gnpdl7

ISBN 979-11-364-4880-4 04810
ISBN 979-11-364-4879-8 (SET)

※ 저자와 협의하여 인지는 붙이지 않습니다.
※ 이 책은 ㈜ 디앤씨미디어(파피루스)가 저작권자와의 계약에 따라 발행한 것으로 본사와 저자의 허락 없이는 어떠한 형태나 수단으로도 내용을 이용할 수 없습니다.

내가 제일 잘 나가는 재벌이다 ①

봉황송 현대판타지 장편소설

제1장. 차준후 ·········· 7

제2장. 용산 ·········· 39

제3장. 공장 인수 ·········· 65

제4장. 전영식 ·········· 101

제5장. 스카이 포레스트 ·········· 129

제6장. 골든 이글 ·········· 165

제7장. 칠천리 ·········· 191

제8장. 직원 채용 ·········· 217

제9장. 영업 ·········· 243

제10장. 특종 ·········· 271

제11장. 인기 폭발 ·········· 297

차준후

부아앙!
 늦은 밤 제니시스 차량이 빠른 속도로 도로를 질주하고 있었다. 차량을 운전하고 있는 40대 후반 임준후가 얼굴을 붉힌 채 소리를 쳤다.
 "제 잘못이 아닙니다."
 − 자네가 관리 감독을 했잖은가. 잘못이 없다고 할 수는 없지.
 "출시하면 안 된다고 보고를 올렸잖아요!"
 핸드폰으로 지지직거리는 잡음이 들려왔다.
 연구소장에게 수석 연구원 임준후가 열변을 토하고 있었다.
 − 강하게 요구했어야지.

"말도 안 되는 소리 하지 마세요. 저는 반대를 했는데, 본부장님이 주축이 되어서 출시를 강행했잖습니까."

- 진정해, 임 부장. 화를 내 봤자 도움이 안 돼. 내가 지금 백방으로 알아보고 있어.

"본부장님께 이야기는 해 봤어요? 저는 분명히 본부장님께 부작용에 대한 보고서를 올렸습니다. 기억하시잖아요?"

줄기세포 기능성 화장품 출시는 후계자인 본부장이 직접 관리한 작품이었고, 직접 대면하여 설명한 적도 있었다.

출시에 임박하여 화장품에 중대한 결함 가능성을 발견하고 보고했다. 그런데 부작용 사태 이후 화장품 보고 내역이 연구소와 회사 내부를 살펴봐도 발견되지 않았다.

- 나는 잘 모르지, 보고는 자네가 직접 챙겼잖아. 수차례 연락을 시도하고 있는데 본부장님과 연결이 안 돼. 알아보니까 지금 본부장님은 해외에 기술 협력 건으로 나가셨어. 지금 상황이 완전히 꼬여 있는 상태야.

"비겁하게 도망친 겁니까?"

분노한 임준후의 목소리가 커졌다.

우려하던 끔찍한 화장품 부작용 문제가 터졌다.

주름 개선과 피부 재생에 있어 획기적이라는 줄기세포 기능성 화장품을 세계 최초로 출시했다.

단기적으로는 피부 재생을 통해 얼굴의 주름 개선에 효

과적이었지만, 3개월 넘게 바르면 피부가 늘어지고 처지는 부작용이 발생했다.

언론의 찬사와 함께 시작된 폭발적인 판매량은 거대한 부메랑이 되어 돌아왔다.

- 자네, 지금 어디인가?

"서울로 가고 있습니다."

회사에서 마련해 준 강원도 철원군의 외지에 있는 민박집에 머물렀다.

사람들의 발길이 적지만 자연 풍광은 수려한 곳이었다.

시끄러운 언론을 피해 마음의 안정을 찾으라며 회사에서 보내 준 휴식처였다.

일주일 넘게 휴가를 보내고 있지만 임준후는 가시밭길 위에 서 있는 것과 다름없었다.

언론에서는 이번 문제를 대서특필하고 있었고, 오대양 화장품 후계자가 아닌 연구소 수석 연구원 부장 임준후를 책임자로 거론했다.

"언론에서 사실과 다른 이야기가 계속 나오면 가만히 있지 않겠습니다. 서울로 올라가서 진실을 밝히겠습니다. 강원도로 오기 전에 언론과 인터뷰를 해야 했습니다. 비록 늦었지만 지금이라도 잘못된 걸 바로잡아야겠지요."

임준후가 단호하게 결심했다.

억울하고 분해서 이대로 모든 걸 떠안고 조용히 침묵할 수는 없었다.

- 인터뷰를 한 곳은 있나?

"아직은 없습니다."

- 그래…… 다행이군.

"네?"

빠아아앙!

경적 소리와 함께 화물차가 제니시스 승용차 운전석에 옆구리를 들이박았다. 종잇장처럼 찌그러진 제니시스 승용차가 데굴데굴 굴렀다.

"크윽!"

전복된 승용차 안에서 임준후가 비명을 내질렀다.

머리가 깨질 듯이 아팠다.

이제야 이해가 됐다.

'희생양…….'

모든 잘못된 걸 뒤집어쓰고 사라지는 희생양!

오대양 화장품의 후계자는 아무런 허물도 없이 해외 협력을 마치고 귀국할 것이다. 그에 반해 자신은 싸늘한 시체로 말없이 모든 죄를 뒤집어써야만 했다.

'억울하다. 비참해.'

결혼도 하지 않고 회사에만 충성을 바쳐 온 삶이 돌이켜 보니 너무나도 바보스러웠다. 고아로 자라나면서 오직 성공만을 바라보고 열심히 달렸던 삶이 너무나도 안타깝게 느껴졌다.

'약하면 잡아먹히는 거야. 잡아먹히지 않으려면 강했어야지……'

임준후의 시야가 깜깜해졌다.

[오늘 자정 12시쯤 철원군 갈말읍 문혜리 도로에서 25톤 화물차와 제니시스 승용차가 충돌해 40대 후반 승용차 운전자가 심정지 상태로 응급실에 후송됐습니다.

이 사고로 화물차 운전자가 턱과 얼굴 부위에 부상을 입고 병원으로 이송됐습니다.

경찰은 원흥 사거리 방면으로 주행 중이던 승용차 차량이 신호 위반을 한 것으로 보고 정확한 사고 경위를 조사 중입니다.]

TV에서는 철원군 갈말읍 문혜리 도로에서 발생한 교통사고 현장에서 구조대원들이 구조 작업을 벌이고 있는 광경을 내보내고 있다.

* * *

제1 육군 병원.

저녁 무렵, 서울 영등포에 위치한 병원 입구에 국방색 응급 차량이 거친 브레이크 소리를 내면서 멈췄다.

"응급 환자 발생!"

응급 차량의 뒷문이 활짝 열리면서 들것에 실린 환자가 내려섰다. 이미 대기하고 있던 의사와 간호사들이 환자에게 달려들었다.

"조심해서 옮겨야 합니다. 다발성 갈비뼈 골절이 의심됩니다."

교통사고로 갈비뼈가 부러진 청년 환자의 코와 입에서 피가 멈추지 않고 흘러나오고 있었다.

피로 물든 환자의 상의는 가위로 잘려져 있었고, 환자의 피부는 온통 퍼렇고 까만 멍들로 가득했다.

전형적인 갈비뼈 골절 의심 증상이었다.

제1 육군 병원은 서울에서 가장 실력 있는 의사들과 좋은 의료 설비들이 있는 곳이다. 군인들을 치료하는 곳이지만 권력과 명성이 있는 높은 분들도 자주 이용했다.

"폐를 비롯한 장기 파열도 있는 모양인데……."

중년 의사의 안색이 어두워졌다.

"크윽! 쿨럭!"

청년이 기침을 하는가 싶더니 붉은 피를 울컥 토해 냈다. 토혈을 몇 번 하는가 싶더니 몸이 부르르 경련했다.

최악의 응급 상황이다.

수술을 해도 죽을 가능성이 더 높았다.
"빨리 수술실로 옮기세요. 응급 수술 곧바로 합니다."
환자가 이동식 침대 위로 조심스럽게 옮겨졌다.
바퀴가 달린 이동식 침대가 빠른 속도로 수술실을 향해 달려갔다.
수술실에 붉은 등이 들어왔다.
"재무부 차관님 부부는 차량 전복 사고 장소에서 바로 돌아가셨다고 하더군."
"아들만 살아남았다니, 참으로 안됐어."
"상태가 심각하잖아. 죽을지 살지는 아무도 모르는 일이지. 혼자 살아남아서 부모님의 사망을 아는 것보다 죽는 게 나을지도 몰라."
"무슨 끔찍한 소리입니까. 차관 부부의 유산이 엄청나다고 하던데, 살아야지요."
수술실 밖에서 사람들이 대화를 나눴다.
재무부 차관 차운성의 아들 차준후가 수술실에서 사경을 헤맸다. 사력을 다하고 있는 의사들이 차준후를 살리기 위해 노력하고 있었다.

* * *

"환자분, 환자분……."

"으음!"

"환자분, 정신이 드세요?"

귓가에 소리가 들려왔다.

살았다?

분명히 교통사고를 당해서 차가 뒤집혔는데…….

다행스럽게도 병원에 와서 치료를 받고 있는 모양이다.

머리가 깨질 것처럼 아팠다.

"차준후 환자분, 정신 차리세요."

차준후라고?

성을 착각했나?

임준후는 병원이 일을 제대로 못한다고 생각했다.

답답했다.

뭐라도 보이면 좋겠다고 생각했는데. 눈이 번쩍 떠졌다.

'뭐야? 이 촌스러운 머리는? 게다가 머리에 간호사 캡은 왜 썼어?'

그는 구닥다리 간호사 제복을 입고 있는 여인을 보고 놀랐다.

종아리까지 내려오는 하얀 원피스와 머리에 쓴 캡 모자, 스타킹.

옛날 간호사 특색을 고스란히 보여 주고 있었다.

무언가 심각하게 잘못됐다는 걸 느꼈다.

눈에 들어오는 병실의 광경이 무척이나 남루했다.
"정신을 차렸네요. 의사를 불러올게요."
간호사가 밖으로 나갔다.
"끄윽!"
머리끝에서 발끝까지 미칠 정도로 아픈 임준후가 신음을 흘리며 머리를 붙잡았다. 특히 머릿속이 터질 것처럼 고통스러웠다.
그때였다.
머릿속에 낯선 사람이 모습을 드러냈다.
복잡한 눈빛의 차준후가 임준후를 마주하고 있었다.
차준후가 전해 주는 기억들이 임준후에게로 전달되었는데, 간혹 끊기거나 이어지지 않는 내용들도 있었다.
'내 머릿속에서 나가. 이건 내 기억이 아니야.'
기억을 받아들이지 않으려고 했다.
'사라져. 없어지라고.'
소리쳤지만 소용없었다.
마구 쑤시고 들어오는 강렬한 기억들로 인해 눈조차 깜빡거리지 못했다.
심장이 쿵쾅거리고, 머리가 팽팽 돌았고, 시야가 흔들렸다.
'차준후! 그게 누구냐고?'
차준후의 어린 시절부터 대학교까지의 기억들이 툭툭

튀어나왔다. 대학교 졸업을 미리 축하하기 위해 떠났던 여행길에서 자동차 전복 사고가 벌어졌다.

'차준후의 부모가 죽었다고?'

차준후의 부모는 자동차 사고로 세상을 떠나고 말았다.

찰나의 순간 무수히 많은 기억이 떠올랐다가 사라지기를 반복했다.

금방이라도 멈출 것 같은 심장이 끊어질 것처럼 아팠다.

답답한 느낌과 함께 시야가 흔들렸다.

차준후의 것이었지만 이제는 임준후의 것이 된 몸이 요동쳤다.

마비된 것처럼 꼼짝하지 않던 몸이 움직였다.

'사라졌구나.'

차준후의 모습이 머릿속에서 지워졌다.

더 이상 기억들이 밀려오지 않았다.

다행스럽게도 머리가 깨질 것 같은 두통이 줄어들었고, 지독하게 아팠던 심장도 정상적으로 뛰었다.

몸이 점차 안정을 찾아갔다.

탁! 탁! 탁!

발걸음 소리와 함께 목에 청진기를 걸친 의사와 촌스러운 복장의 간호사가 병실에 들어섰다.

"차준후 환자! 정신을 차려서 다행이네. 상태를 알아야 하니 어디가 불편한지 정확하게 말해 주겠니?"

"괜…… 괜찮습니다."

임준후가 헐떡거리며 말했다.

여전히 숨을 쉬기 힘들었지만 점점 괜찮아졌다.

창백하던 안색에 혈색이 돌아오기 시작했다.

"정말 괜찮니?"

"오늘이 며칠이지요?"

"4월 17일이란다. 1960년. 4개월이나 혼수상태였다가 깨어났지."

거대한 충격이 임준후의 정신을 후려갈겼다.

역시나.

눈동자가 요란하게 흔들렸다.

세상이 빙글빙글 도는 듯했다.

눈을 질끈 감았다.

자신이 겪은 걸 이야기해도 소용이 없다는 걸 알았다.

의학적으로 소명할 수 있는 일이 아니었기에.

의학이 발달한 미래에서도 소명은 불가능하다.

왜 이런 일이 벌어졌는지 모르겠지만 그냥 받아들이기로 했다.

그 전에 가장 먼저 확인해야 할 일이 있다.

마지막 전해진 차준후의 기억은 부모에 대한 걱정이었다.

"부모님은요?"

눈을 뜬 임준후의 음성이 우울했다.

"……미안하구나. 차관님 부부는 선산에 모셨다고 들었다."

의사는 선의의 거짓말을 할까 했지만 시선을 마주한 뒤 결국 사실을 이야기했다.

차준후가 4개월 동안 식물인간 상태로 의식을 잃고 있을 때 이미 장례식은 끝났다.

비극적인 사고 소식은 대한 뉴스에도 소개됐다.

"……."

임준후의 시선이 흐려졌다.

알고 있는 내용이었지만 직접 확인하니, 기분이 멍해졌다. 정신적인 친부모는 아니지만 육체적인 친부모의 죽음은 영향이 분명히 있었다.

'아마도 차준후의 기억을 물려받았기 때문이겠지.'

임준후가 나름대로 짐작했다.

차준후의 뒤섞인 기억으로 인해 머릿속이 복잡해졌다.

"청진을 해 봐야겠다. 상의를 올려 보겠니?"

양손으로 환자복을 올리면서 허리와 갈비뼈 부근이 뜨끔거리며 불쾌함을 전달했다. 아픔이 동반됐지만 상의를 위로 올릴 수 있었다.

복부를 절개했다가 봉합한 흔적이 뚜렷했다.

"뼈가 잘 붙었어. 갈비뼈가 골절되었다가 붙었으니 불쾌한 부분이 있으면 꼭 이야기해 줘야 한다."

청진기로 심장을 비롯한 인체가 내는 소리를 들었는데 이상한 부분은 없었다. 혈압까지 체크를 하였는데, 정상 범위였다.

"정상이다. 피검사를 해 보자."

주사기 바늘을 꽂아 피를 뽑았다.

의식을 되찾지 못하고 있어서 문제였지 4개월가량 장시간에 걸쳐 차준후의 젊은 육체는 빠른 속도로 회복이 되고 있었다.

의식이 돌아온 순간 거의 정상인에 가까웠다.

"……검사가 끝났으면 잠시 혼자 있고 싶습니다."

부탁했다.

솔직히 아직도 뭐가 뭔지 모르겠다.

육체적인 고통보다 정신적인 충격이 더 컸다.

"아! 심전도 검사를 해야 하는데……. 알았다. 도움이 필요하면 언제든 부르거라."

의사는 환자에게 약간의 시간을 주기로 마음먹었다.

다행히 큰 문제가 있어 보이지 않았기에 가능했다.

마음의 안정을 찾을 수 있게 배려한 뒤에 심전도 검사를 비롯한 추가 검사를 할 작정이었다.

"네."

의료진이 나가고 혼자가 된 임준후이다.

과거의 다른 사람으로 살아났기에 머릿속이 복잡했다.

1960년 차준후로 빙의했다는 사실이 어이없기도 했지만 감사한 마음이 컸다.

'차준후는 죽었다.'

임준후는 원래 몸 주인의 운명을 알 수 있었다.

죽었어야 할 몸에 미래의 그가 들어온 것이었다.

왜?

이유가 뭘까?

궁금했다.

지속된 생각들이 머릿속을 복잡하게 만들었다.

답은 나오지 않았다.

'미래의 임준후도 죽었겠지.'

자신이 죽었다고 생각하자 절망감이 밀려왔다.

'내가 정말로 죽은 걸까?'

지금 살아 있잖아.

제니시스를 타고 가다 트럭에 치였던 기억이 선명하게 떠올랐다.

미래의 기억들이 차츰 떠올랐다.

"허억! 헉!"

불길한 상념과 함께 숨을 쉬기가 힘들어졌다.

너무 고통스러웠다.

지독한 고통이 밀려왔고, 미래의 기억들과 차준후의 기억들이 강렬하게 충돌했다.

죽을 것처럼 아팠다.

뒤섞이는 기억들로 인해 의식을 잃어버렸다.

다시 깨어났다.

"나인지, 아니면 차준후인지 용케도 살아남았군. 생각할 수 없는 일이 벌어졌어."

차준후의 기억들이 떠올랐다.

생소한 기억들이라 방금 전이라면 떨쳐 버리려고 했겠지만 지금은 괜찮았다.

자신과 연관이 생겼기에.

그래도 나중에 생각하자.

'살아 있다는 사실에 감사하자.'

그냥 좋았다.

후웁! 후웁!

다시 호흡을 누릴 수 있는 현실이 기뻤다.

찬양하라!

삶은 아름답다.

숨 쉰다는 것 자체를 만끽하다 보니 여유가 생겼다.

이제는 자신의 것이 된 기억들을 떠올릴 수 있었다.

"천애 고아라······."

사고무친.

장시간 의식을 찾지 못하고 병원에 입원한 상태의 의지할 데가 없는 고아로 전락했다.

병원 벽에 달려 있는, 한 장씩 찢을 수 있는 습자지 달력에는 1960년 4월 17일이라고 적혀 있었다.

75년생이었는데, 60년대로 환생했다?

빙의했다?

정신만 전이했나?

사실 환생이나 빙의, 전이는 중요하지 않았다.

전생의 자신이 태어나기 전인 60년대!

대한민국 역사상 가장 뜨겁던 격랑의 시대로 왔다는 사실이 중요했다.

"나는 차준후다."

스스로의 정체성에 결론을 내렸다.

기존의 차준후는 사라졌고 새로운 차준후가 태어났다.

'어디로 가야 하는가? 무엇을 해야 할까?'

스스로에게 물었는데, 사실 낙동강 오리알 신세였다.

기존의 모든 인연을 잃어버렸고, 걷던 길도 잃어버렸다.

해야 하는 일을 찾아야 한다.

하고 싶은 일은 있었다.

'재벌 3세 본부장에게 복수를 할 수도 없잖아! 아직 태어나지도 않았으니까.'

과거로 왔는데 너무 멀리 와서 혼내 주고 싶은 사람을 만날 수가 없었다. 그런데 이대로 가만히 있자니 너무 억울했다.

'아이의 잘못은 어른이 대신 빌어야지. 이 경우는 오대양 창업주라고 해야 하나? 본부장의 할아버지에게 손자 잘못 키운 대가를 지불하게 하자. 그리고 본부장이 세상에 태어나지 못하게 하면 정당한 복수가 되겠지. 이왕에 하는 일, 연구소장까지 손을 쓰자. 연구소장 아버지 환갑에 초대받았을 때는 기분이 좋지 않았는데, 지금 생각하니 꼭 필요했던 일이었어. 어떤 사람인 줄 알고 있으니 찾는 게 어렵지 않겠지.'

임준후가 복잡한 사념들과 현실을 하나둘씩 차분히 정리해 나갔다.

'창업주 자서전을 읽어 봐서 다행이다.'

오대양에서는 창업주 자서전을 무료로 나눠 준 뒤 세미나를 열기도 했다. 그 내용을 바탕으로 승진 가점을 부여하기도 했기에 임준후는 한때 열심히 자서전을 탐독했다.

두툼한 자서전에는 오대양의 성장과 발전 등이 상세하게 기록되어 있었다. 그때는 읽기가 참 고역이었는데 지금 돌이켜 보니 참으로 소중했던 시간이었다.

'이 시기라면 용산에 오대양의 주춧돌이 된 공장을 구매하기 전이구나.'

오대양의 본점은 처음 용산 후암동에 위치했다.
그리고 그 후암동의 위치는 세미나 내용으로 나온 적도 있었다.

* * *

똑똑똑!
병실 문을 두드리는 노크 소리가 들렸다.
차준후는 집중하고 있었기에 처음에는 소리를 듣지 못했다.
똑똑똑똑!
문을 두드리는 소리가 보다 커졌다.
그제야 차준후가 자신만의 세계에 빠져나왔다.
"들어오세요."
"정신을 차렸다는 이야기를 듣고 찾아왔습니다. 삼가 고인 분들의 명복을 빌겠습니다. 저는 아버님이신 차운성의 고문 변호사인 김운보 변호사라고 합니다."
중년인이 정중하게 말하며 고개를 굽혔다.
그가 명함 한 장을 내밀었다.
차준후가 명함을 받아 들고 김운보를 바라보며 중얼거렸다.
"아버지의 고문 변호사님이라고요?"

"그렇습니다."

검은 양복을 입고 나타난 김운보를 본 차준후가 살짝 경직됐다.

"몸은 괜찮으십니까?"

"네."

"아픈 데는 없으시고요?"

"조금 불편한 부분은 있지만 아프지는 않아요."

"빨리 건강해져서 퇴원하시기를 바랍니다."

김운보는 시간이 날 때마다 병원에 방문하여 차준후를 살펴봤다.

"병문안 와 주셔서 감사해요."

"아버님의 고문 변호사로서 당연히 와야 합니다. 차준후 님의 상속에 대한 모든 걸 책임지고 있기도 하니, 앞으로 잘 부탁드립니다."

"유산이라? 상속받을 재산이 많나 보군요."

차준후가 나지막이 뇌까렸다.

차운성의 재산이 엄청나다는 사실을 알고 있었다.

그러나 어느 정도인지는 몰랐다.

미래에는 아파트 대출금을 힘겹게 갚아 나갔었는데…….

"맞습니다. 여기 아버님의 유언장입니다."

가죽 가방에서 꺼낸 유언장을 건넸다.

'사랑하는 아들에게'로 시작하는 짧은 유언장에는 별다

른 내용이 없었다. 그냥 차준후에게 모든 재산을 물려주 겠다는 내용이 전부였다.

"제가 꽤 오래 누워 있었는데, 문제는 없었나요?"

유언장을 한쪽에 내려놓은 차준후가 물었다.

"상속 재산이 차준후 님에게로 상속되어야 마땅한 일입니다만 의식을 찾지 못한 기간이 길어지면서 상속 재산을 국고로 환수해야 한다는 이야기가 슬쩍 나왔었습니다. 말도 안 되는 이야기를 듣고 곧바로 움직였으며 상속자가 분명히 살아 있다는 걸 주지시켜 무산시켰습니다."

"부모님이 남긴 재산이 어떻게 되나요?"

"재산 목록이 많습니다. 여기 서류를 보시면 됩니다."

가방에서 두툼한 종이 뭉치를 꺼내어서 내밀었다.

차준후가 상속 재산 목록을 살폈다.

엄청난 규모의 논밭과 과수원, 상가, 건물 등이 서울, 대전, 경기도 등에 위치하고 있었다.

농사지을 수 있는 대지에서 나오는 산출량도 있었기에 가치를 알아보는 게 어렵지 않았다.

"가치를 알아보기 편하게 마지막으로 거래된 시세를 옆에 기록해 뒀습니다. 정확하지는 않지만 대략적으로 맞는 시세라고 생각하시면 됩니다."

김운보는 꼼꼼하게 일 처리를 해 나갔다.

한눈에 알아볼 수 있도록 지도에 부동산의 위치를 표시

해 놓기도 했다.

"엄청난 재산 목록이군요."

"상속 재산의 가치를 따지면 4억 환 정도 되는데, 상속세는 2,400만 환을 내야 합니다."

"어느 정도인가요?"

2020년대에 살다가 온 차준후는 1960년대 화폐 가치를 제대로 이해하지 못하고 있었다. 유산과 상속세가 결코 작지 않다고 간접적으로 느꼈지만 직접 와닿지 않았다.

"막대한 상속세를 내기 위해 현물 납부 방안을 생각해서 작성해 둔 서류입니다. 현물 납부하는 부분을 보시면 대략적으로 어느 정도인지를 느낄 수 있을 겁니다."

현물 납부는 세금을 낼 현금이 부족할 경우 부동산이나 유가 증권으로 납부할 수 있는 제도이다.

"상속세로서 현금 대신 제공할 현물은 대지 8천 평, 밭 3천 1백 평, 논 1천 7백 평, 임야 184만 3천 평과 서울, 대전 지방에 있는 주택 811동입니다. 대체적으로 가치가 떨어지는 걸 위주로 골랐습니다."

"어마어마하군요."

차준후는 순수하게 놀랐다.

아버지가 엄청난 재산을 가지고 있다는 건 알았지만 이 정도일 줄은 상상도 못 했다. 국가에서 국고로 들이려고 수작을 부릴 정도로 엄청난 유산이었다.

대한민국 역사상 상속세로 2,400만 환 이상을 낸 사람은 손가락으로 꼽을 정도였다. 단순히 상속세만 따져 보면 차준후가 대한민국에서 엄청나게 많은 재산을 가지게 됐다는 소리이기도 했다.

가난한 나라이지만 경주 최씨 가문처럼 전통의 명문 가문이거나 정치인, 권력자, 사업가, 그리고 사채업자를 비롯하여 어둠 속에 숨어 있는 자산가들은 차준후보다 많은 재산을 가지고 있었다.

"놀랍네요."

"1년에 쌀만 2만 석이 나옵니다."

김운보가 차준후가 상속 재산의 가치를 이해할 수 있게 도왔다.

"말 그대로 만석꾼이네요. 아버지는 이 많은 재산을 대체 어떻게 만든 걸까요?"

"대단한 식견을 가진 능력 있는 분이셨습니다. 그러니까 재무부 차관까지 올라가셨지요."

재무부 차관 차운성은 대전과 서울 등 전국 각지에 대규모 부동산을 소유하고 있는 엄청난 갑부였다.

재무부의 2인자인 차관까지 역임하면서 대한민국에 돈이 투입되는 일에 깊숙이 개입했다. 공직 활동을 통해 알게 된 정보를 기초로 부동산 재테크에서 비상한 수완을 발휘했다.

"사전에 입수한 개발 정보를 이용하셨겠군요."

차준후가 재산 형성의 비밀을 알 수 있었다.

절대 실패할 수 없는 부동산 투자법이었다.

실제로 얼마 전까지만 해도 50환이 채 되지 않던 서울의 밭이 평당 수백 환으로 폭등하여 거액의 폭리를 취할 수 있었다.

새로운 발전, 재건 예정지의 50% 이상을 국회의원을 비롯한 정치인과 관료들이 차지하고 있는 실정이었다.

'작고하신 아버지는 대한민국 부동산 투기의 시작을 벌이신 분이었구나.'

자유당 말기의 부정부패는 심각했다.

저렴하게 사들인 논밭과 대지 위에 관공서나 상업 시설, 주택, 시가지 등이 들어서면서 부동산 가치가 놀랄 만치 폭등했다.

전국에서 사들인 부동산과 건물 등으로 차운성은 만석꾼 반열에 올라섰다.

"흠흠흠!"

김운보가 헛기침을 내뱉었다.

면전에서 아버지의 재산 형성에 비리가 있다고 지적하는 차준후를 보면서 민망했다.

"아버지의 식견에 감사할 따름이네요."

하지만 차준후는 정말 순수하게 고마워했다.

만석꾼!

엄청난 부동산!

2020년도에 살 때만 해도 꿈에 그리던 희망이었을 뿐인데 1960년대에 현실이 되고 말았다.

죽은 차운성에게 감사한 마음과 함께 자식의 몸을 차지한 것이 미안하다는 심정도 컸다.

자식의 일을 차운성 부부가 알면 무덤 속에서 뛰쳐나올지도 몰랐다.

부모 입장에서는 입에 거품을 물 정도로 심각한 일이었으니까.

'본의 아니게 아드님의 몸을 차지해서 미안합니다. 왜 이런 일이 벌어졌는지 모르겠습니다. 속죄나 보답이 될지 모르겠지만 차준후의 이름을 빛내겠습니다.'

고인이 된 부모에게 복잡한 사정을 속으로 밝히며 차준후가 맹세했다.

부모를 떠올리며 가만히 눈을 감았다.

그 모습이 아련해 보였기에 김운보가 말을 건네지 못했다.

해야 할 말을 다 하기도 했고.

이제 막 깨어난 차준후를 더 이상 붙잡고 있지 말고 물러나야 할 순간이었다.

"이만 돌아가 보겠습니다."

"조심히 돌아가세요."

"필요한 게 있으면 언제든 전화를 주십시오."

"……."

병실에 홀로 남은 차준호가 말없이 창문 밖을 바라보았다.

육체에 남겨진 전 주인의 감정이었을까!

전 육체의 주인이 남겨 준 추억들이 머릿속에 떠올랐다가 사라지기를 반복했다.

그 기억들은 남겨진 차준후의 몫이었다.

1960년대에 떨어지며 기존에 살았던 세계가 뒤집히고 무너졌다고 생각했는데, 아니었다. 산산조각이 난 일상이었지만 결코 끊을 수 없는 새로운 인연이 이어졌다.

그 인연으로 졸지에 엄청난 갑부가 된 것이 좋기도 했지만 심란하기도 했다.

'미안합니다. 죄송합니다.'

송구한 마음이 컸다.

가볍고 원하는 대로 살 수 있을 줄 알았는데, 부모가 남겨 둔 인연이 그를 칭칭 거미줄처럼 휘어 감고 있었다.

그 무게가 엄청나서 옴짝달싹 못 할 지경이었다.

* * *

진료실에서 유철중 의사가 엑스레이 필름을 판독한 뒤

에 입을 열었다.

"보다시피 뼈가 잘 붙었어. 젊은 영향도 있겠지만 회복력이 놀라울 정도로 좋아. 이처럼 빠르게 회복하는 경우는 본 적이 없는데……."

"부모님께 좋은 신체를 물려받은 덕이겠지요. 퇴원은 언제 가능할까요?"

"정상인이라고 말할 정도로 좋아진 건 확실한데, 깨어난 지 하루밖에 되지 않아서 우려되는 부분이 있네. 복용해야 하는 약이 있고, 수술로 인해 항생제도 계속 투여해야만 해."

유철중 의사가 퇴원에 대해 우려를 표했다.

12시간이 넘는 대수술이었고, 수술 결과가 좋게 나왔지만 아직 경과를 지켜볼 필요성이 있었다.

당장이라도 환자의 상태가 안 좋아져서 쓰러질지도 모르는 최악의 가능성까지 생각하는 게 의사였다.

"통원 치료를 받아도 되지 않을까요? 아니면 의료진이 집으로 왕진해도 되고요."

차준후는 재차 퇴원 여부를 물었다.

병원에서 딱히 치료받을 부분이 없었다.

추가 검사가 모두 끝나자 병원에서의 치료는 약 복용과 항생제 주사가 전부였다.

"이틀 정도 더 지켜보자. 그동안 아무 문제 없으면 퇴원을 하지."

"감사합니다. 병실로 돌아가 보겠습니다."

차준후가 의사의 판단을 존중했다.

"조금이라도 불편한 부분이 있으면 이야기를 해야 한다."

"네."

차준후가 의자에서 일어나며 고개를 숙여 인사한 뒤 진료실을 나섰다.

복도를 지나 특실인 자신의 1인실 병실에 들어섰다.

병상에 앉아 창문 밖을 바라보고 있었다.

고요하고 적막한 가운데 시간이 흘렀다.

* * *

시간이 흘렀다.

퇴원 허가를 받은 차준후가 제1 육군 병원에서 벗어나 용산으로 가는 버스에 올랐다.

택시를 탈 수도 있었지만 버스를 선택했다.

1960년대를 보다 더 확실하게 체험하기 위해서였다.

버스는 시대상을 품고 달리는 교통이니까.

"버스 출발합니다. 오라이!"

상하의를 푸른색으로 맞춘 제복을 입은 앳된 버스 안내

양이 출발을 정겨운 목소리로 외쳤다.

차준후가 뒤쪽 의자에 앉았다.

멈췄던 버스가 시커먼 매연을 뿜어내며 출발하였다.

버스 요금은 8환이다.

자장면 한 그릇이 20~30환 하는 시기였으니, 결코 적은 금액이 아니다.

'멋쟁이들이 많네.'

포마드 크림을 발라 광택이 흐르는 가르마 머리를 한 양복쟁이 아저씨.

분 냄새를 풍기는 화사한 차림새의 아가씨 등 버스 안에는 멋쟁이들로 넘쳐 났다.

'지금 가장 잘나가는 화장품 제품들이 포마드 크림과 이 시대의 파우더인 분백분이구나.'

차준후가 버스비 8환 정도는 가볍게 낼 수 있는 사람들을 살폈다.

이들은 화장품을 구매할 여력이 있는 잠재적 고객들이었다. 잠재적 고객들의 겉모습은 지금 그들이 무엇을 원하는지 잘 알려 줬다.

차준후가 버스 안에서 시장 조사를 마쳤다.

영등포를 벗어난 버스가 서울 시내를 가로질러 갔다.

창문 밖으로 보이는 서울의 광경이 차준후에게는 낯설면서도 익숙했다.

버스는 제대로 달리지 못했다.

도로를 점거하면서 농성하고 있는 사람들 때문이었다.

"혼란스럽네."

그의 마음이 혼란스러운 만큼 눈에 보이는 서울 풍경도 어지러웠다.

"부정 선거 때문인가."

수천 명의 사람이 부정 선거 규탄이라는 붉은 글씨 현수막을 들고 도로를 행진하고 있었다.

1960년 3월 15일 실시된 정부통령 선거에서 집권당인 자유당이 승리했다. 그러나 정부와 자유당이 개입된 부정 선거라는 사실이 발각됐고, 4·19혁명으로 이어졌다.

안하무인 무소불위였던 자유당의 붕괴였다.

그리고 다음으로 이어지는 수순이 무엇인지 차준후는 알고 있었다.

'이승민 하야.'

역사적으로 알고 있는 사실이 그의 눈앞에 고스란히 펼쳐지고 있었다. 텔레비전 속에서나 보았던 풍경을 직접 보게 될 줄은 미처 몰랐다.

자신이 1960년으로 들어왔다는 사실을 실감했다.

복잡하게 이어질 정치를 떠올린 차준후가 고개를 저었다.

정치적인 상황에서 한 걸음 떨어져 객관적인 관점으로

바라보고 있었다.

21세기, 정치에 열정적인 사람이 얼마나 될까.

"내 할 일을 하자."

차준후는 복잡해질 정치 이야기를 머릿속에서 지워 나갔다.

"용산, 이번에 도착한 승강장은 용산이에요. 내리실 분들! 내리세요."

젊은 버스 안내양의 목소리가 쩌렁쩌렁했다.

그 소리를 들으면서 절로 웃음이 나왔다.

기계음과 달리 친절하게 내리라고 알려 주는 직업 버스 안내원의 목소리는 무척이나 정겨웠다.

내리는 사람들을 따라 차준후가 버스에서 내리는 순간 찬바람이 불었다.

용산에 발을 내디뎠더니 더 추웠다.

"활기차구나."

전차가 지나가고 있는 용산역 주변으로 많은 사람이 오가고 있었다.

용산

 미군이 주둔하고 있는 용산은 전반적으로 활기찼다.
 넓은 터를 차지하고 있는 미군에서 나오는 막대한 물품들만으로도 용산의 산업은 활발하게 이루어지는 판국이었다.
 서울이 재건되기 시작하며 전국 각지에서 모여드는 물품들과 사람들이 교통의 요지인 용산으로 몰려들었고, 영세한 상점들이 난잡하게 서 있었다.
 "창업주가 공장을 구할 수 있었던 이유가 하늘을 사랑한 복덕방 업자와의 인연이라고 했었지."
 사기꾼이 즐비한 부동산 업계에서 창업주는 성실한 부동산 중개업자를 만났다고 책에 기록되어 있었다.
 복덕방은 복비만 받아야 한다.

복비만 해도 적은 금액이 아닌데 가격을 가지고 장난을 치는 경우가 허다했다.

사기꾼 공화국이라고 하지 않던가!

눈 감으면 코 베어 가는 격변의 시기였고, 하루가 다르게 땅값이 올라가는 서울에서 복덕방에는 사기꾼들이 우글거렸다.

천애 복덕방.

차준후가 버스 정차장과 멀지 않은 복덕방으로 향했다.

"안녕하세요. 공장 부지를 찾으러 왔습니다."

"잘 오셨소이다."

의자에 앉아 신문을 보고 있던 중년 사내가 환하게 웃으며 차준후를 반겼다.

"차 한잔하시겠소?"

"물 한 잔 주세요."

"보리차가 구수하지요."

석유 곤로 위에 끓고 있는 주전자에서 보리차를 따라서 건넸다.

"어느 정도 크기의 공장을 찾고 있소?"

"맛있군요. 대지 100평, 건평 50평 정도의 사업장입니다."

"손님께서는 운이 좋으시군요. 때마침 크기가 딱 맞는 공장이 나와 있습니다."

복덕방 사장이 신기하다는 생각에 웃었다.

'그렇겠지요.'

책에 나와 있던 그대로였다.

오대양의 창업 본거지가 아직 주인을 찾지 못하고 있었다.

"사업장을 어떤 용도로 사용하실 생각인지 물어봐도 되겠소?"

앳된 차준후에게 정중하게 물었다.

팔자 좋은 돈 많은 집 아들처럼 보이는데 사업을 한다고?

혹시라도 돈 낭비를 할 수도 있었기에 조언을 해 줄 셈이었다.

"화장품을 만들려고 합니다. 이미 그 건물을 알아보고 왔습니다."

차준후가 알아보고 온 건 맞다. 미래에서지만.

"아! 그러면 적당한 건물이 맞지요. 얼마 전까지 화장품 회사를 운영했던 곳이니까요. 공장으로 사용한 건물이지만 살림집도 붙어 있어서 여러모로 유용합니다."

공장과 사무실, 살림집 구분을 하지 않고 몽땅 좁은 건물에서 해 나가는 영세한 사업장이 대부분이었다.

"쉴 때는 푹 쉬자는 주의입니다. 사업장과 숙소는 분리되어야지요."

21세기 정신.

일과 이후의 여유로운 내 삶은 소중하다.

설령 사장이라고 해도.

"그러면 좋지요."

차준후를 바라보던 복덕방 사장의 자세가 정중해졌다.

다소 구부정하던 허리를 똑바로 폈다.

사회 초년생인 줄 알고 얕보았는데, 뚜렷한 목표와 멋진 가치관을 지녔지 않은가!

존중받을 가치가 충분한 젊은이였다.

"화장품 회사가 문을 닫았으면 직원들은 어떻게 됐습니까?"

"하루아침에 사장이 폐업을 선언하고 나갔으니, 졸지에 종업원들은 허공에 붕 뜬 꼴로 전락했지요. 다른 직업을 찾은 사람도 있지만 그렇지 못하고 날품팔이로 전락하거나 집에서 쉬고 있는 사람들이 태반입니다."

"종업원들 가운데 업계 전반에 대해서 잘 알면서 괜찮은 사람이 있으면 소개 부탁드립니다."

차준후는 원래 인력 소개소에 가서 물어보려고 했다.

그런데 운이 좋게도 폐업한 화장품 회사 건물 이야기를 복덕방에서 듣게 됐다. 복덕방은 인근 사람들의 사랑방이자 인력 소개소나 마찬가지였다.

"생산과 영업을 담당한 순자 아버지가 사람은 괜찮지요."

"한번 보죠."

"지금 집에 있을지 모르겠네요. 목구멍이 포도청이라고, 날품팔이를 갔을 수도 있으니까요."

"시간이 맞지 않으면 다음에 만날 수도 있으니까요. 우선 건물부터 보면 됩니다."

"안내해 드리죠."

복덕방 사장이 자리에서 일어났다.

밖으로 나가 좌판을 깔고서 일이 없어 쉬고 있는 구두닦이 소년에게 말을 걸었다.

"종국아! 순자 아버지 집 알지? 순자 아버지를 찾아서 일거리가 있으니까 미인장업소 건물로 빨리 찾아오라고 해라. 심부름 값으로 미자 국밥집에서 내 이름 대고 국밥 한 그릇 하고."

"바람처럼 달려가서 전달할게요."

소년이 빠르게 달려갔다.

"후암동에 건물이 위치해 있는데, 걸어서 10분 내외로 멀지 않아요."

10분이면 700미터 조금 안 되려나?

복덕방 사장을 따라 차준후가 걸었다.

"운동도 되고 좋지요."

경사가 있는 언덕을 올라가는 차준후의 눈에 들어오는 광경은 대한민국의 비참한 현실이었다.

다닥다닥 붙어 있는 판잣집들이 언덕 한쪽에 쭉 이어져 있었고, 후줄근한 차림으로 제대로 씻지 못해 땟국물이 줄줄 흐르는 아이들이 돌아다녔고, 팔다리를 잃어버린 넝마주이들이 헌 옷이나 헌 종이 등을 등에 멘 바구니에 주워 모았다.

사회적으로, 그리고 경제적으로 여러모로 약한 사람들이 넘쳐 났다.

가난한 자가 가난한 설움을 안다고 한다.

전생에서 약자의 위치에서 희생당했던 설움이 밀물처럼 밀려왔다.

그 설움을 떨쳐 내기 위해 지금 발버둥 치고 있었다.

저들에게도 발버둥 칠 기회 정도는 줘야 하지 않을까!

'약해서 밑바닥을 살아가는 저들의 삶에 도움이 되고 싶구나.'

차준후의 마음에 불쑥 든 생각이었다.

가난은 나라님도 구제할 수 없다고 했다.

그러나 나라님이 과거로 환생, 빙의하지는 않았잖아.

미래를 알고 있는 차준후라면 가난한 대한민국 현실에 새로운 변화를 일으킬 수도 있었다.

'약자들이 강해질 수 있도록 내 나라 내 땅에서 거대한 사업을 키우자. 나라가 약하니까 전쟁이 일어나고 국민들이 고통스러운 거야. 대한민국이 바로 설 수 있게 경제

적인 주춧돌을 놓아 보자.'
 차준후가 가슴속에 웅장한 포부를 세웠다.
 대한민국의 현실이 마음에 들지 않았던 것도 많았다.
 바꿀 수 있으면 바꾸고 싶었다.
 다시 또 사는 삶!
 못할 것이 무엇인가!
 해 보자.
 "대지 100평에 건평 50평인 단층 건물로 일제 강점기 시절에 지어졌소."
 그들이 용산 후암동에 위치한 건물 앞에 도착했다.
 시멘트로 지어진 직사각형 건물은 ㅁ 자형 구조였다.
 정문 왼쪽에 경비실이 위치하고 있었고, 건물 앞 공터는 차량 수십 대가 들어올 정도로 넓었다.
 "넓은 마당이 인상적이네요."
 차후에 확장할 수 있는 여지가 좋았다.
 "들어가 보죠."
 "낡았지만 잘 관리되었네요."
 보수가 필요한 부분이 있지만 크게 문제 삼을 곳은 보이지 않았다.
 "지하수를 파 놓아서 여름에도 물이 시원하게 펑펑 잘 나오지요. 남향으로 지어졌기에 햇빛도 잘 들어오고요. 여러모로 장점이 많은 건물인데, 덩치가 있어서 아직까지 임자를 찾지 못하고 있지만 조만간 계약이 이뤄질 수도 있지요."

마당 한쪽에는 우물이 있었다.

우물 뚜껑을 젖히고 살펴보자 물이 찰랑거렸다.

복덕방 사장 말처럼 물이 마르지 않고 충분해 보였다.

화장품을 생산하는 데 있어 물은 중요했고, 땅속에서 그냥 뽑아서 사용하는 지하수라면 물값을 아낄 수 있었다.

확실히 여러모로 좋은 건물이었다.

그래서 차준후가 물어봤다.

"얼마에 나온 물건입니까?"

"보증금 8만 환에 월세 7천 환으로, 시세로 볼 때 적당한 임대료라고 봅니다."

"이런 물건은 매매 가격이 어떻게 되나요?"

복덕방 사장의 눈동자가 작게 흔들렸다.

돈이 있는 건 알았는데 건물을 매매할 정도로 많을 줄 미처 몰랐다.

그의 허리가 더욱 꼿꼿하게 섰다.

"월세를 원하고 있는 주인이 매매로 내놓지는 않았지요. 건물이 위치와 평형, 크기 등이 상이해서 정확하지는 않겠지만, 길 건너편 비슷한 상가 건물이 80만 환에 거래되었고, 주변 시세로 볼 때. 80만 환 내외라고 판단하면 무방하겠소."

"그 정도군요."

차준후가 알았다는 의미로 고개를 끄덕였다.

강북의 6평 아파트 가격이 3만 환 전후였고, 30평 아파트 가격이 15만 환에서 20만 환 사이였다.

30평 아파트 네 채 가격 정도가 공장 시세였다.

무엇보다 입지가 좋아 가격적으로 충분히 매력적이었다.

구매하면 틀림없이 이득을 볼 수 있었다.

돈은 충분했다.

부모님께서 남긴 유산은 많았으니까.

"만족시키지 못했을 뿐이지 거래되지 않는 물건이 어디 있겠습니까? 매입하고 싶네요. 한번 주선해 보시지요."

차준후가 구매 의사를 드러냈다.

지속적으로 상승하는 부동산이었기에 사 놓으면 든든한 자산이 된다.

오대양 창업주는 임대로 머물고 있던 공장 대지와 건물을 인수했다. 그걸로 볼 때 임대인은 미래에 팔 의향이 있다는 소리였다.

차준후는 임대인의 의향을 미리 앞으로 당겨 올 작정이었다.

"알겠소. 거래 의사가 있는지 운을 띄어 보지요."

"거래하는 은행 있으시죠?"

"주로 조아 은행과 거래하고 있습니다."

"대출을 끼고 할 테니, 대출 조건을 맞춰 보세요. 대출금을 최대한 받는 걸 중점으로 하면 됩니다."

애당초 유산을 이용해서 건물을 구매할 생각이 없었다.

빚도 자산인 시대에서 살아온 그였다.

강남의 아파트를 사기 위해 20억 넘는 대출도 받았었다.

1960년대는 10대 중후반의 대출 이자였기에 많은 돈을 빌리면 지급해야 하는 이자액이 무서웠다.

그렇지만 차준후는 돈 벌 자신이 있었기에 이자를 능히 감당할 수 있었다.

"최대 대출금을 중점으로 하여 조율해 보겠소. 꺾기가 필요할 수도 있으니 유념하시오."

"꺾기요?"

"대출 조건을 좋게 해 주면서 요구하는 예금과 적금 등의 상품 가입 요청이지요. 은행 업계의 고질적인 관례이오."

변성우가 말하며 차준후의 눈치를 살폈다.

꺾기는 은행권의 뿌리 깊은 관행이자 금융 소비자법에 불공정 영업 행위로 규정하고 있다.

대출 실행을 하면서 예·적금 등 다른 상품 가입으로 또 이득을 챙긴다.

꺾기가 적발되면 해당 금융 기관과 직원에게 조치나 주의가, 과태료 등의 제재를 내릴 수 있다.

"필요하다면 가입해야지요."

하지만 차준후는 시원하게 불공정을 받아들였다.

법이 있어도 현장에서 지키지 않았다.

미래에도 그렇지만 지금은 준법을 지키면 일이 더디게 진행되는 시기였다.

시간은 금이다.

지금 차준후에게 딱 맞는 말이다.

'크게 될 젊은이일세. 불공정에 반발하지 않고 시원하게 받아들이는군.'

은행의 불공정 행위는 사회 전반에 펼쳐져 있는 관행이었다. 거기에 반발하여 법의 제재를 해당 지점이나 은행 직원에게 받게 할 수도 있다.

그러나 은행 업계는 좁다.

블랙리스트로 찍혀 은행 이용에 커다란 제약을 받게 되는 건 불 보듯 뻔하다.

"일을 하려면 의욕이 있어야겠죠. 매입 가격이 80만 환 미만이면 그 깎은 금액의 3할을 성과 사례금으로 드리도록 하죠."

"믿고 맡겨 주시오."

복덕방 사장이 허리를 깊숙하게 숙였다.

어떻게든 가격을 깎는 데 혈안이 되어 있는 손님들과 달리 차준후는 화끈했다. 이런 손님을 만나면 개처럼 뛰어다니며 열심히 노력할 수밖에 없었다.

"성우 아저씨! 일거리가 있다면서요."

수더분하게 생긴 중년인 최우덕이 숨을 헐떡거리며 공장 안으로 들어섰다. 빨리 달려왔는지 추운 날씨에도 불구하고 이마에 땀이 송골송골 맺혀 있었다.

"순자 아범 왔군. 여기 사장님께서 화장품 사업을 하려고 하시는데, 사람이 필요하다고 하셨네. 인사드리게나."

"최우덕이라고 합니다, 사장님."

"차준후입니다. 하루 인건비가 얼마인가요?"

오대양 회사의 공장장이자 영업 맨이며 창업 멤버였던 최우덕을 발견한 차준후였다.

'존경을 한 몸에 받던 창업 멤버 중 한 명이 나타났군.'

최우덕에 관련된 일화가 일일이 예를 들 수 없을 정도로 창업주 자서전에 많이 등장했다. 오대양 회사의 성장에 있어 중요한 사람이었다.

* * *

평상심을 유지하며 흥분을 가라앉혀야 하지만 쉽지 않았다.

"20환에서 30환 정도 받습니다."

대부분 20환 초반이고, 일이 힘들고 어려워야 30환 가깝게 받는다. 날품팔이를 하면서 30환을 받은 적은 손에 꼽힐 정도였다.

병장의 월급은 120환.

9급 공무원 초임에 해당하는 5급 26호봉이 360환이었다. 전쟁이 끝난 지 얼마 되지 않은 시기였지만 군인들의 대우는 열악했다. 준장의 월급은 겨우 1,200환에 불과했다.

"하루 일당으로 40환이면 충분하죠?"

차준후는 과대한 금액을 지불하며 사람을 고용할 생각은 없었지만 그렇다고 해서 쥐어짤 생각도 없었다. 자신만의 합리적인 비용을 지불할 작정이다.

사람을 갈아 가면서 사업을 하는 시기였고, 일자리보다 일을 구하는 사람들이 넘쳐 났기에 인건비는 엄청 저렴했다.

일당을 가장 높은 금액보다 충분히 높게 책정했다.

경력이 있고, 전 회사에서 일했던 특별한 이력도 있는 사람이었기에 충분히 대우해 줄 가치가 있었다.

차준후가 지갑에서 10환짜리 지폐 네 장을 꺼내어 내밀었다.

"고맙습니다, 사장님. 열심히 일하겠습니다. 할 일을 알려 주십시오."

엄청나게 큰 금액에 최우덕이 허리를 꾸벅 숙였다.

일거리가 매일 있는 게 아니고, 40환이나 주는 일거리는 어디를 찾아봐도 없었다.

사장님!

듣기 좋은 말이 차준후의 귓가에 착착 감겨들었다.

직업이나 종업원이 아닌 사장!

아직 진정한 사장은 아니지만, 허가제가 아닌 신고제였기에 화장품 회사를 창업하면 그뿐이었다.

"전 회사에서는 무슨 일을 했나요?"

"공장에서 생산을 하고, 약품상에서 재료를 구매하고, 판매점에 영업을 뛰고는 했습니다."

사실상 닥치는 대로 모든 일을 처리했다는 뜻이었다.

단순히 하루 일거리만 주는 것이 아닌, 직원으로 채용하기 위한 질문이라는 걸 어렴풋이 느꼈기 때문인지 그의 말은 자세하고 공손했다.

눈치가 빠르다.

하루하루가 고역인 일용직에서 화장품 회사의 안정적인 정규직원으로 입사할 수 있다면 더 이상 바랄 것이 없었다. 그리고 사라질 뻔한 과거 경력이 더욱 빛을 발할 수 있었다.

"폐업을 했다고 하던데, 화장품 제조 장비는 어떻게 됐나요?"

차준후는 눈치 빠른 최우덕이 싫지 않았다.

생산에서 영업까지 전방위로 일했다는 점이 괜찮았고, 처음 봤을 때 송골송골 맺힌 땀방울과 자신보다 젊은 사람한테 싹싹하게 구는 태도도 마음에 들었다.

며칠 더 지켜봐야겠지만 지금 본 것만으로도 충분히 합격점을 주고 있었다.

"중고 업자에게 헐값에 처분한 걸로 알고 있습니다."

"새 주인을 찾았을까요?"

화장품은 장치 산업이기도 하다.

고가의 장치들 동원해야 품질 좋으면서 획기적인 화장품 생산이 가능했다. 성능이 떨어지는 장치를 사용하면 고생을 사서 해야만 한다.

"모르겠습니다만…… 확인해 보겠습니다."

"좋네요. 확인은 빠를수록 좋겠지요. 물건이 있으면 매입가까지 알아보세요."

차준후가 일을 맡겼다.

"멀지 않은 곳에 있으니 바로 움직이겠습니다."

"그러세요. 발로 움직이면 시간도 걸리고 불편하니까 전화기를 설치하세요."

"알겠습니다. 그런데 전화기를 놓으려면 시간이 필요합니다."

"그렇군요."

차준후가 새삼 1960년이라는 사실을 깨달았다.

신청하면 곧바로 기술자가 달려오던 시대가 아니었다.

"아는 한국 전력 기술자가 있소. 급행료를 지불하면 시간을 줄일 수 있는데…….."

변성우가 이야기에 슬며시 끼어들었다.

고질적인 문제였지만 편한 부분도 많았다.

관공서에 서류 접수를 하거나 전화기와 수도를 놓는 기술자들을 부를 때, 추가 비용을 내면 신청 순서와 상관없이 빠른 설치가 가능했다.

없어서 문제였지.

돈만 있으면 살기 참 좋은 나라였다.

"바로 설치해 달라고 하세요."

언제 어느 때나 쉽게 전화할 수 있었던 시대에서 살아왔었기에 차준후는 전화기 없는 게 심하게 답답했다. 급행료를 지불해서라도 답답하게 지내는 시간을 줄이기를 원했다.

"설비 품목들 가운데 에어 스푼이라고 있나요?"

"에어…… 스푼이라고요? 처음 들어 보는 이름입니다. 그게 뭡니까?"

"미세 제분기입니다."

"동국 공업에서 만든 다용도 건식 제분기가 있기는 합니다만……."

"고성능 미세 제분기는 아니군요."

"에어 스푼을 찾아보겠습니다."

"아닙니다. 에어 스푼은 해외에서 수입해야 하니까 제

가 따로 알아보겠습니다."

차준후가 이때 당시만 해도 로켓 엔진에 들어가는 비행 회전풍의 원리를 사용한 에어 스푼 설비가 국내에 들어오지 않았다는 걸 알아차렸다.

"국내에는 없는 물건인가 보군요."

"맞습니다. 에어 스푼은 화장품 선진국이라는 일본에도 몇 대 찾아보기 힘든 최신식 기계입니다. 독일이나 프랑스에서는 고성능 미세 제분기인 에어 스푼을 이용해서 화장품을 생산하고 있죠."

"아! 듣기만 해도 굉장한 물건이란 걸 알겠습니다."

"첨단 장비를 사용해야 제대로 된 품질의 화장품들을 생산할 수 있지요."

차준후가 진짜 실력을 발휘하기 위해서는 고성능 기계들이 필요했다.

21세기 기준으로는 무척 미흡하지만 지금 시대에서 그나마 괜찮게 활용할 수 있는 기계가 바로 이 에어 스푼이었다.

공기압 분리 방식의 에어 스푼을 가동시키면 안에는 회오리바람이 강렬하게 일어난다.

회오리바람의 중심에는 무겁고 굵은 입자들이 모이고, 외곽에는 미세한 가루들이 회전한다.

에어 스푼에서 만들어진 곱디고운 가루들은 약한 바람

에도 흩날린다.

'에어 스푼이 얼마나 하려나?'

차준후는 에어 스푼을 수입하고 싶었다.

성능이 뛰어난 에어 스푼을 가지기만 하면 고운 가루가 생명인 분백분을 비롯한 화장품 제조의 수준을 격상시킬 수 있었다.

에어 스푼은 매력적인 기계였다.

'화장품 회사를 괜히 창업하겠다는 게 아니구나.'

'뛰어난 실력을 가지고 있어.'

최우덕과 변성우가 차준후의 지식에 놀랐다.

아는 것이 힘이다!

국내 기계를 사용하는 여타 화장품 회사들과 달리 수입 기계를 거론하지 않는가!

겪을수록 심상치 않은 젊은이였다.

'없으면 없는 대로 하자.'

이가 없으면 잇몸이라고, 차준후는 당장 획득할 수 있는 장비로 첫 생산품을 생산하려고 했다.

장비도 중요했지만 더욱 핵심은 바로 화장품 성분과 구성 비율이었다.

베이스를 이루는 성분들의 비율을 어떻게 하며 향료를 무엇으로 섞느냐에 따라 천차만별의 화장품이 탄생한다.

"내일 오전 9시에 뵙는 걸로 하죠. 부탁한 이야기들 좀 알아보고 와 주세요."

차준후가 이 시대의 흐름이 어떻게 돌아가는지 대충 체감하게 됐다.

눈이 돌아갈 정도로 빠르게 진행되는 21세기와 달리 느렸다. 전화기가 없어 일일이 돌아다녀야 하는 경우도 있었으니, 말 다했다.

"최선을 다하겠습니다."

"거래가 될 수 있는지 알아보지요."

좋은 기회를 얻게 된 두 사람이 웃는 얼굴로 차준후를 배웅했다.

* * *

임무 하나를 맡은 최우덕이 언덕을 내달렸다.

"사장님에게 인정받아서 발탁되어야 한다."

해고당하고 날품팔이로 하루하루를 살아가고 있는 삶에서 차준후의 등장은 찬란한 빛과 같았다. 찢어지게 가난한 삶에서 기사회생할 수 있는 기회였다.

"취직…… 취업해야 해. 그래야 아이들을 학교에 보낼 수 있어."

숨을 헐떡거리며 달리고 있는 최우덕은 절실했다.

돈이 절실한 상태였다.

제대로 된 직업을 찾지 못하면 그의 가족 다섯 명은 힘든 나날을 보내야만 한다.

"사업을 할 정도로 돈이 많아 보이고, 에어 스푼이라는 해외 기계까지 알고 계시는 분이야. 망한 전임 사장과 달리 성공하고도 남으셔."

땀을 흘리며 연신 달리고 있는 그의 뇌리에 차준후가 떠올랐다.

사람 자체가 빛났다.

잘나갈 사람의 옆에 있기 위해서는 그만큼 뭔가 성과를 보여야만 했다.

때마침 그의 눈에 알고 있는 사내가 보였다.

그 순간 그의 뇌리가 기민하게 움직였다.

"홍식아!"

"공장장님! 왜 이리 급하게 뛰어가세요?"

언덕길을 힘없이 터벅터벅 올라오고 있던 감홍식이 물었다.

집에 밥 먹으러 가는 길이었다.

허기졌지만 집 쌀독에 쌀이 거의 떨어져 가는 판이라 걱정이 태산이었다.

"여기서 보니 반갑다. 바쁘니까 우선 뛰어!"

"네."

어리둥절했지만 감홍식이 최우덕 옆에서 함께 달렸다.

며칠 만에 만난 상사를 보면서 웃었다.

무슨 일로 바쁜 거지?

자신처럼 일자리를 찾지 못해 힘들어한다고 알고 있었는데……

"지금 하는 일 없지? 아니, 있어도 돈 20환 줄 테니까 지금 내가 시키는 걸 해야겠다."

"무슨 일을 하면 되나요?"

감홍식이 반겼다.

아침부터 지금까지 일거리를 찾아서 돌아다녔지만 아무 소득이 없었다. 전 화장품 회사의 공장장이 일거리를 준다고 하니 너무나도 고마웠다.

궁금해서 물어보고 싶은 게 목구멍까지 차올랐지만 지금은 때가 아니었다.

시킨 일에 집중해야 할 때였다.

"거래하던 신망 약품사에 가서 재고 물품 목록과 가격표를 받아 와야겠다. 가격으로 장난질 칠 수도 있으니까 다른 상점 두어 곳도 들렀다가 와라."

최우덕이 지시했다.

시킨 일만 하면 사장님에게 어떻게 보일까?

땀 흘리며 열심히 달려서 성실하게만 보이면 될까?

시킨 일을 뛰어넘어 능동적으로 움직여서 왜 공장에 필요한 사람인지 피력할 필요가 있었다.

화장품을 만들려면 원료가 필요했는데, 원한다고 해서 쉽게 구매할 수가 없었다.

 화장품 원료는 제약사의 원료 품목과 크게 다르지 않았고, 국내 화장품 공장들은 원료 구하기가 하늘의 별 따기였다.

 화장품은 생활필수품이 아닌 사치품으로 분류되어 있기 때문이다.

 해외에서 비싸게 들어오는 원료들은 일차적으로 제약회사를 비롯한 생활필수품, 군수 물자 등으로 먼저 빠져나갔다.

 사치품인 화장품에 수입 원료는 적게 할당됐다.

 할당된 수입 원료를 구입할 수 있다고 해도 비싼 금액을 지불해야만 한다. 정부의 통제 사항이기 때문에 회사에서 직접 외국에서 직수입할 수도 없었다.

 화장품 제조업은 정부에서 홀대받고 있는 사업이다.

 "다녀오겠습니다."

 감홍식이 냅다 신망 약품사를 향해 뛰어가기 시작했다.

 "다 방문한 뒤에 집으로 와서 기다려라. 내가 늦을 수도 있으니까, 없으면 나중에 찾아오고."

 멀어져 가는 뒤통수를 향해 최우덕이 소리쳤다.

 "알겠습니다."

 최우덕과 감홍식이 사거리에서 서로 반대편 방향으로

갈라졌다.

뚜루루루! 뚜루루루!
전화 교환원을 거쳐 연결되고 있는 신호음이 수화기에서 들려왔다.
- 여보세요.
"천애 부동산의 변성우이외다."
- 아! 공장 임대로 연락 주셨나요?
"공장 매매는 어떻겠냐고 손님분께서 물어보셨소."
- 매매요? 임대를 원하지, 매매는 생각이 없는데요?
"임대인을 구하기까지 시간이 제법 걸렸잖소. 차후에 매각 의사가 있으면 사겠다는 사람이 언제 나올지 모르는 일이외다. 부동산은 임자가 나왔을 때 내놔야 제 가격을 받는 법이지요. 그리고 예전에 논밭이나 과수원을 장만하고 싶다고 한 적도 있지 않소?"
- ……음.
"공장을 매매하고 받은 금액으로 논밭을 사 놓으면 소작만 붙여도 임대료보다 더 많이 벌 수 있소이다."
- 괜찮은 논밭이 있나요?
"한강 이남 황무지를 구입하여 개간하면 적당하겠소. 지금은 황무지이지만 서울이 발전하면 결국 한강 이남이 빛을 발할 것이오."

- 그럴까요?

"개인적인 조언일 뿐 어디까지나 판단은 스스로의 몫이지. 어떻게 하시겠소? 매매하지 않겠다면 다른 공장 부지를 제안할 생각이오."

- ……판매하지요. 대신 한강 이남 땅을 좀 알아봐 주세요.

"물론이지요. 매매가는 어떻게 하시겠소? 비슷한 공장 건물이 80만 환에 거래되었소이다. 그 공장은 언덕이 아닌 대로변 평지에 위치하여 입지적으로 좋았고, 구매자가 구입하고자 하는 의지가 강했소. 구매자 손님께서 가격 조정을 요구하셨소."

공장 건물주에게 얼마 전에 있었던 비슷한 규모의 거래를 정확하게 전달했다. 할인 금액의 일정 부분을 이익으로 챙길 수 있었지만 믿고 맡긴 공장 건물주를 양심상 속일 수는 없었다.

- 78만 환이면 적당할까요?

"그 금액으로 조율해 보겠소이다. 손님과 이야기한 뒤에 다시 연락드리겠소."

- 알겠습니다.

변성우가 전화기를 내려놓으면서 웃었다.

공장 인수

 차준후가 날이 어둑해지고 나서야 집으로 돌아왔다.
 현대식으로 개량한, 고래 등처럼 거대한 한옥 저택은 무척이나 적막했다.
 병원에서 퇴원하고 용산을 거쳤다가 종로와 을지로까지 돌아다니고 왔더니 피곤이 장난이 아니었다.
 "오늘 하루 정말 진짜 열심히 돌아다녔구나."
 차준후가 히죽거리며 웃었다.
 돌이켜 생각하니 재미있었다.
 참으로 알차게 보냈다는 생각과 함께 기분이 좋아졌다.
 "할 일이 태산이구나."
 연구소 직원이었을 때는 그저 시키는 업무만 착실히 하면 그만이었지만 사장이 되자 신경 써야 할 일이 한둘이 아니었다.

스스로 찾아서 하는 일들이 즐거웠다.

땀 흘려 가면서 서울 여기저기를 돌아다니고 사람들을 만나 가며 일하는 순간순간이 재미있었다.

"내일은 공장을 인수해야겠어. 그다음에 회사를 등록하고, 골든 이글 포마드 크림을 만들어야지."

뭘 해야 하는지 머릿속에 그려졌다.

떠오르는 것이 있었다.

1960년대의 현실 속에서 돌아다니다 보니 혼란스럽던 머릿속이 약간은 정리가 된 느낌이었다. 집으로 돌아와 혼자가 되니 다시금 생각할 여지가 생겼다.

역사는 그가 알던 바와 다르지 않았다.

"과연 내 뜻대로 흘러갈까?"

자신이라는 변수가 발생했는데 미래에 발생할 일들이 모두 확정됐다고 할 수 있는가.

나비 효과라는 말을 들은 적이 있다.

과거로 온 그의 등장으로 인해 미래가 바뀔 요지가 다분했다.

과거 회귀로 발생하는 혼돈적인 문제는 미래학자들도 알지 못하는 심오한 이야기였다.

고심이 짙어지면 의혹이 되고, 위기로 확대될 것이며 심지어 공포심까지 커져 간다. 단단한 토대가 흔들릴 수도 있다.
"음! 고민한다고 해서 해결될 문제가 아니잖아."
차준후는 쉽게 받아들이기로 했다.
신기하게도 마음이 복잡하지 않고 차분했다.
적응했다고 해야 할까?
하나하나씩 직접 체험하면 알게 될 일이다.
1960년대에 고생하지 않고 행복한 나날을 보내면 충분하다.
그거면 족하다.
열심히 살았지만 후회가 없다고는 못했던 전생이다.
"즐겁게 살아가면 된다."
자신의 감정에 충실한 쪽을 선택했다.
하루 종일 돌아다녔더니, 씻고 싶었다.
옷을 탈의하고 욕실로 들어갔다.
샤워기에서 나오는 따뜻한 온수로 온몸을 구석구석 깨끗하게 씻었다.
깔끔하게 샤워를 하고 나와서 침대에 몸을 던졌다.
피곤했던지 눈을 감은 지 얼마 되지 않아 가지런한 숨소리를 내면서 잠들었다.

푹신한 침대 위에서 차준후가 눈을 떴다.
한쪽 벽을 채우고 있는 책장이 가장 먼저 눈에 들어왔다.

낯선 침실이지만 차준후에게 익숙했다.

침대에서 일어나 밖으로 나가 샤워실에서 가볍게 씻고 나왔다.

원래라면 가정부 아주머니가 준비한 아침 식사를 할 수 있었을 텐데 자동차 전복 사고 이후로 대저택에서 일하던 직원들은 모두 휴직하고 있는 상태였다.

상속자가 오랜 시간 병원에서 입원 중이었으니 대저택에 직원들이 필요 없었기 때문이다.

드레스룸에서 양복을 꺼내 입었다.

유리로 된 장식장 안에는 귀걸이와 반지 등 반짝거리는 귀금속들과 시계들이 가지런히 놓여 있었다.

차준후의 부모가 사용하던 물건들이었다.

장식장의 서랍을 열자 그 안에는 빳빳한 천 환짜리 화폐들이 놓여 있었다.

대저택의 주인이었던 차운성이 필요할 경우 사용할 수 있게 마련해 놓은 돈이었다. 항상 집안에 10만 환 정도씩 은행에서 찾아서 비치해 두고는 하였다.

차준후가 서랍에 있는 돈을 지갑과 양복 안주머니에 넣었다.

종로구 평창동 저택 밖으로 나와서 조금 걷자 대로변이 나타났다.

"택시!"

"타세요, 손님."

"용산 후암 시장 사거리로 가 주세요."

"금방 모셔다드릴게요."

시발택시가 요란한 엔진 소리를 내며 내달린다.

'버스보다 택시가 편하기는 하구나. 바쁘게 움직이려면 차를 구매해야겠다.'

사업을 하려면 여기저기 방문해야 할 구석이 많았기에 차를 구매할 작정이다.

'어라! 지금 내가 운전면허증이 있나?'

차준후가 자신에게 운전면허가 있는지 고민했다.

머릿속을 아무리 뒤집어 봐도 운전면허증과 관련된 내용이 없었다.

'아! 다시 따야 하는 모양이네.'

용산 후암동에 가까워졌을 때 운전면허증을 취득해야 한다는 사실을 알아차렸다.

"도착했습니다, 손님!"

"여기요."

차준후가 택시비를 지불하고 내렸다.

내린 곳에서 멀지 않은 곳에 위치한 천애 복덕방 문을 열고 들어섰다.

"안녕하세요. 공장 계약 건은 어떻게 됐나요?"

"아! 건물주가 78만 환에 판매하기로 했지요. 점심시간이 지나 1시에 계약서를 쓰러 오라고 전했는데, 시간이 되십니까?"

"잘됐네요. 그때 계약서를 쓰면 되겠네요. 할 이야기가 있으니 공장으로 함께 가시죠."

시간이 9시에 가까워지고 있었다.

"그러시죠."

변성우와 차준후가 공장을 향해 걸었다.

"공장 인근 부지들은 나온 게 있나요? 조만간 공장을 확장해야 할 것 같아서요."

"나온 곳들이 있소이다. 공장 옥상에 올라가서 설명해 드리지요."

그들이 공장 옥상에 올라서서 주변을 바라보았다.

"공장 옆에 붙어 있는 저곳과 저곳이 매물로 나와 있소이다."

"저번과 같이 매입해 주세요. 평균 시세보다 가격을 낮추면 똑같이 성과급을 드리지요."

"감사하외다."

연달아 거액을 벌 수 있는 기회를 준 차준후에게 변성우가 고개를 숙였다.

"상당히 열악하네요. 상하수도 시설도 제대로 설치되어 있지 않아 보이네요."

영화나 TV에서 보던 풍경들이었다.

포대기로 아기를 맨 아낙네들이 머리에 빨래 바구니를 이고서 개울가로 걸어가고 있었고, 다닥다닥 붙은 판잣집들이 공장 인근으로 넘쳐 났다.

득시글거리는 사람들이었고, 버린 쓰레기들로 길거리는 지저분했다.

"전쟁의 여파가 아직 남아 있어 먹고살기 힘든 세상이지요. 상하수도는 가난한 사람들에게 사치스런 시설이오."

변성우가 안타까워했다.

"그렇군요."

차준후가 60년대의 참담한 실상을 직접 눈으로 목격하고 있었다.

"이런 판국에 공장을 인수하고 화장품을 생산하겠다니, 대단하시오."

변성우는 눈앞의 젊은이에 대한 호기심이 강하게 일었다.

화장품 제조업에 대한 사회적인 시선은 곱지 않았다.

수준이 뒤처져 있고 무척이나 영세한 분야였기 때문에 능력 있는 엘리트들이나 명문 대학교 졸업생 등은 화장품 제조업에 취업을 꺼렸다.

"기술이 뒷받침되면 황금알을 낳는 사업이 될 겁니다."

차준후는 화장품 업계가 어떻게 발전하는지 아주 환하

게 알고 있었다.

기술은 이미 마련됐다.

자금도 충분했다.

장치와 사람들이 필요할 뿐이었다.

일반 화장품 제조업은 기반 시설과 인력을 보유하고 있지만 기술이 없어서 문제였다.

"그렇겠지요. 기술이 없어 망하니 문제겠지요."

제조사들이 기술을 획득해야 한다고 부르짖고 있지만 사실상 제조 능력은 밑바닥을 기고 있었다.

일본이 남기고 간 공장이나 기술 등을 바탕으로 근근하게 살아가고 있을 뿐이었다.

"기술이 없으면 한계가 분명하지요. 저는 새로운 차원의 기술이 들어간 화장품을 출시할 예정입니다."

"실례가 아니라면 어떤 걸 만들지 물어봐도 되겠소?"

슥!

차준후가 가만히 변성우를 바라보았다.

정갈하게 가르마를 탄 머리카락이 반짝반짝 빛이 나고 있었다.

"포마드를 바르셨네요?"

"매일 사용하고 있소. 군인이 전장에 총을 휴대하고 가는 것처럼 복덕방 문을 열기 전에 양복을 입고 포마드로 보기 좋게 치장을 하지요."

"첫 제품으로는 식물성 포마드를 만들 겁니다."

식물성 포마드는 대단한 장비가 필요하지 않았다.

노동력을 많이 투입하면 준수한 식물성 포마드를 만들어 낼 수 있었다.

1960년대에 깨어나고 난 뒤 본 남자들 중 상당수가 포마드 크림을 머리에 바르고 있었다. 광물성 포마드를 바른 남자들 머리는 반짝거리는 가운데 아주 묘한 냄새를 풍겼다.

미군의 영향으로 긴 머리를 포마드로 정돈해 좌우로 갈라붙이는 헤어스타일이 유행하던 시대였다.

'오대양이 식물성 포마드 크림을 출시하여 기반을 쌓았지.'

차준후는 오대양의 탄탄한 기초가 식물성 포마드 크림에 있다는 사실을 잘 알았다.

당시 출시한 식물성 포마드 크림은 선풍적인 인기를 끌었다. 그리고 미래에 쿠데타를 일으키는 장군 박정하도 이용했을 정도였다.

남자들이 포마드 크림을 가장 많이 이용했고, 여자들은 분백분을 가장 즐겨 사용했다.

포마드 크림은 쉽게 만들 수 있었지만 고운 가루를 사용해야 하는 분백분은 에어 스푼 같은 시설 장비가 필요했다.

"식물성이요?"

"지금 포마드의 주재료는 바셀린과 파리픽 왁스 등 광물성 물질입니다. 광물성인 탓에 끈적이는 느낌이 불쾌함을 주고 있지요."

사실 기술의 부족 탓이지 광물 성분 때문이라고 매도하기는 무리가 있었다.

라놀린과 합성 에스터유 등을 배합하여 퍼짐성을 좋게 한 미래의 광물성 포마드는 끈적이는 느낌이 적고 산뜻하다. 가늘고 부드러운 모발이면 광물성 포마드가 더욱 적합하다.

1960년대 국내에서 좋은 품질의 라놀린과 합성 에스터유 등을 구하기는 어려웠다.

"그렇소. 머리를 아무리 감아도 끈적이는 게 빠지지 않아서 떡이 지고는 하오."

"식물에서 뽑아낸 주재료를 이용하면 부드럽고 윤기나면서 향기까지 아주 좋지요. 일본에서는 광물성 포마드를 밀어낸 식물성 포마드가 유행하고 있습니다. 물건이 좋다 보니 일본에서 식물성 포마드를 밀수해서 들여오고 있는 실정이지요."

"일본 밀수품이면 대단히 위협적이지 않겠소?"

일본 물건이라면 묻지도 따지지도 않고 돈부터 지불할 정도로 사람들의 선호도가 높았다. 일본의 기술력은 대한민국을 월등히 뛰어넘었다.

"위협을 받는 건 일제 포마드 크림이겠지요."

차준후는 오대양의 식물성 포마드의 원료와 배합 비율을 알고 있었다.

일본 식물성 포마드 크림의 단점을 개선하기 위해 실험을 계속했고, 결국 동등한 식물성 포마드 크림을 만들어 냈다.

일본 제품을 뛰어넘지는 못했지만 거의 동등한 제품이었다.

2000년 들어서서 오대양은 이 식물성 포마드를 최신 기술을 적용시킨 제품으로 새롭게 출시했다.

고급 천연 식물유 캐스터 오일을 사용해 은은한 향을 담았으며 최첨단 나노기술로 모발 영양 성분을 첨가하고 세정감을 개선하였다.

이 제품 개선에 당시에 연구원으로 근무하던 차준후도 한 손 거들었다.

차준후는 현시대를 압도하는 식물성 포마드 크림을 만들어 낼 기술을 잘 알았다.

부르르릉! 부르르릉!

요란한 소리를 내는 한 대의 청색 트럭이 공장 안으로 들어섰다. 미군 원조로 들어온 G508, 이른바 두돈반 트럭이었다.

두돈반 트럭이 공터에 멈춰 섰다.
조수석의 문이 열리고 최우덕이 뛰어내렸다.
운전석에서는 구릿빛의 탄탄한 체격을 지닌 옹골찬 사내가 내렸다.
"일부 물건들을 싣고서 중고 업자 사장님과 같이 왔습니다. 수거해 간 시설 장비들은 주인을 만나지 못하고 모두 창고에 그대로 남아 있었습니다."
최우덕이 옥상에 있는 차준후를 발견하고 목청을 높였다.

* * *

중고 업자는 시설 장비들을 판매하지 못해 경제적으로 타격을 받고 있었다. 큰돈이 묶여 있어 신경이 쓰였는데, 도통 구매자가 나오지 않아 더욱 머리가 아팠다. 그래서 최우덕의 이야기를 듣자마자 곧바로 물건 일부를 싣고서 적극적으로 달려왔다.
"내려갈게요."
차준후가 두돈반 트럭으로 다가갔다.
짐칸에는 스텐으로 만들어진 커다란 용기 통이 햇빛에 반짝거리고 있었고, 제분기는 깨끗해 보였다.
"안녕하시오. 중고 업자 박창희라고 합니다."

"차준후입니다. 물건 상태는 어떤가요?"

"수거해 갈 때와 큰 차이가 없습니다. 상태 최상입니다."

차준후가 최우덕을 바라보았다.

"그동안 사용하지 않아 약간 노후화가 되었지만 여전히 쓸 만합니다."

"시간만 있으면 새 제품을 구입하겠지만 중고 제품은 바로 사용할 수 있다는 장점이 있겠지요. 가지고 간 시설들 모두 구입하고 싶습니다. 얼마입니까?"

최우덕의 말을 신뢰한 차준후가 단도직입적으로 물었다.

"2만 환은 받아야 합니다."

박창희는 원하는 금액을 불렀다.

중고 물건은 주인을 만나야 돈이 된다.

지금까지 골칫거리였지만 화장품 제조 시설을 찾는 사람에게는 보물이나 마찬가지였다.

창백한 안색의 차준후를 보니 사회 물정 모르는 애송이처럼 보였다.

장사를 하면서 많은 사람을 겪어 보았기에 상당히 정확했다.

"말도 안 되는 소리! 7천 환에 사 간 물건을 어떻게 세 배 정도 높여서 받는 거요? 출발 전에는 만 환만 줘도 충분하다면서요."

최우덕이 눈에 쌍심지를 켰다.

중고 업자들이 중고 물품을 사고팔면서 많은 이득을 챙긴다는 건 알았지만 갑작스럽게 말을 바꾸는 건 심했다.

"험험! 그때는 내가 가격을 잘못 말한 거지."

박창희가 배짱을 부렸다.

돌아가는 눈치를 보니 차준후가 화장품 제조 시설을 원한다는 걸 알아차렸다.

"그래요. 그럼 거래 불발이군요."

차준후가 등을 돌렸다.

애당초 2만 환을 요구했으면 기꺼이 지불했다.

중고 물품의 특성을 알고 있었기에.

그러나 말을 바꾸는 건 다른 문제였다.

사람을 봐 가면서 바가지를 씌우는 것이 매우 불쾌했다.

"다른 중고 물품 있는지 알아봐 주시고, 없으면 시간이 걸리더라도 새 제품을 주문하면 되겠습니다."

시간이 없지, 돈이 없나?

바가지를 쓰기 싫은 차준후가 기다림을 택했다.

"알아보겠습니다."

화가 난 최우덕이 씩씩거리며 박창희를 노려보았다.

사장님이 될지도 모를 차준후에게 잘 보이기 위해 노력했는데 탐욕 어린 박창희 때문에 일이 헝클어지고 말았다.

"트럭 끌고 돌아가세요. 구매하지 않겠습니다."

"헉! 사장님, 제가 잠시 미쳤습니다. 1만 환에 넘기겠습니다."

박창희가 황급히 뛰어가 차준후의 앞을 막아섰다.

지금 제조 시설 장비를 넘기지 못하면 언제 구매자를 만날지 몰랐다.

원금만 받아도 넘기고 싶었다.

"왜 일을 번거롭게 하시는 겁니까? 이렇게 해 놓고 똑같은 금액을 받으시겠다고요?"

차준후의 시선이 서늘했다.

"……."

딱딱하게 굳어 버린 중고 업자가 입을 열지 못했다.

약점을 잡고 늘어져서 이득 보려고 한 부분이 차준후의 심기를 건드렸다.

"9천 환. 충분하지요?"

"조금 더 받을 수 없겠습니까?"

"싫으면 돌아가세요."

"좋습니다. 9천 환에 넘기겠습니다."

"물건들은 공장 계약 이후에 넘겨받죠. 대금은 그때 드리고요."

"아이고, 물론이지요. 기다리겠습니다."

박창희가 고개를 조아렸다.

원래대로라면 약간의 계약금이라도 받아야 했지만 입도 벙긋하지 않았다.
심기를 건드릴까 봐.
"돌아가 보겠습니다. 다음에 뵙겠습니다."
박창희가 고개를 90도로 꺾어 인사하고 난 뒤에 두돈반 트럭을 타고 돌아갔다.
"설치는 어떻게 하는지 알고 계시지요?"
"물론입니다. 원래 제가 하던 일입니다."
차준후의 말에 믿고 맡기라는 듯 최우덕이 또렷하게 말했다.
"복덕방 사장님, 건물주분에게 연락해서 일찍 오실 수 있다고 하면 곧바로 공장 계약을 진행해 주세요."
차준후가 요구했다.
생각보다 일이 빠르게 진행되고 있었다.
공장을 구입하러 온 날 곧바로 창업 멤버를 고용할 수 있었고, 다음 날 제조 시설을 저렴하게 구입할 수 있게 됐다. 오대양 창업주는 장비를 구입할 때 2만 3천 환을 냈다고 했다.
"지금 돌아가서 곧바로 연락해 보겠소."
건물주에게 연락하기 위해 변성우가 잰걸음으로 복덕방으로 돌아갔다.
"음! 재료들을 알아봐야겠구나."

차준후가 중얼거렸다.

생각보다 일이 빨리 진행되고 있었다.

"사장님, 괜한 일인지 모르겠지만 제가 약품상에 사람을 보냈었습니다."

"그래요?"

"필요할지도 모른다고 생각했습니다."

"잘하셨어요. 그 사람은 언제 오나요?"

"정문 밖에서 기다리고 있습니다."

차준후가 정면을 바라보자 정문 밖에서 고개를 쭉 내밀고 살펴보고 있는 사내가 보였다.

9시 훨씬 전에 도착한 감홍식이었지만 허락이 없었기에 들어서지 못했다.

"들어오세요."

차준후가 손짓을 했다.

빠른 발걸음으로 달려오는 감홍식의 머리카락과 옷이 땀에 잔뜩 젖어 있었다.

이른 아침부터 또다시 약품사들을 찾아가서 가격과 화장품 원재료 비축분 등을 알아보고 온 탓이었다.

"전에 공장장님 밑에서 일했던 감홍식이라고 합니다. 사장님."

넙죽 고개를 숙였다.

"차준후입니다."

"사장님께 드려."

"세 곳의 약품사들을 들려서 받아 온 가격품과 취급 품목입니다."

그가 손에 들고 있는 종이 뭉치를 두 손으로 정중하게 건넸다.

'내가 모르는 사람이네.'

창업주 자서전에는 등장하지 않던 이름이었다.

중요하지 않은 사람이거나 오대양에 입사하지 못했다는 뜻이었다.

약품사까지 얼마나 열심히 갔다가 왔는지 짙은 땀내가 코끝을 찔렀다. 딱 봐도 한 번도 쉬지 않고 달려갔다 온 듯 보였다.

얼굴에 소금기가 보일 정도니 말 다했다.

대체 얼마나 달려야 소금기가 보이는 걸까?

죽을 듯이 달려야 나오지 않을까.

말이 쉽지, 힘든 일이었다.

그는 책상 위에서 펜대를 굴리던 사람이지, 몸을 격렬하게 움직이던 사람이 아니었다.

'천리행군 때는 정말 죽을 것만 같았지.'

차준후는 인생에서 딱 한 번 경험했는데, 군대에서 천리행군을 했을 때였다.

발바닥에 불이 나고, 몸이 천근처럼 무거웠다.

다시 생각하기만 해도 신물이 날 정도로 힘들었던 천리 행군이었다.

'이런 사람이 진국이다.'

일에 열정적인 걸 넘어서 사력을 다해 임하는 사람은 많지 않았다. 이런 사람은 무슨 일을 맡겨도 제 몫을 해 나간다.

차준후가 받아 든 종이 뭉치를 살피지 않은 채 입을 열었다.

"순자 아버지, 공장장 자리를 드릴 테니, 저랑 함께 일하시지요."

눈치 빠르고 열정적인 최우덕에게 원래의 역사처럼 공장장 자리를 제안했다.

며칠 더 지켜보려고 했지만 그럴 필요가 없었다.

능력 있는 사람이었기에 다른 사람이 잡아채 가기 전 품 안으로 이끌어야 했다.

"감사합니다, 사장님. 정말 감사합니다. 열심히 일하겠습니다."

최우덕이 연신 고개를 숙였다.

바로 옆에서 무척 잘됐다고 여기면서 속으로 무척 부러운 감홍식이었다.

자신의 처지가 서글퍼졌다.

"영업 사원으로 고용하고 싶군요. 생각 있으십니까?"

열심히 돌아다니며 영업을 뛰어야 하는 영업 사원으로 딱 어울렸다.

"감사합니다. 죽을 각오로 영업 뛰겠습니다."

고개를 숙이는 감홍식은 눈물이 핑 돌았다.

일자리를 잡지 못해 걱정이 태산이었는데 운이 좋아서 직장을 잡게 됐다. 길거리에서 만나 일거리를 준 최우덕이 너무 고마웠다.

"감홍식 사원에게 돈을 주기로 하셨나요?"

사람 좋은 최우덕이 무보수로 사람을 부려 먹지 않을 거란 사실을 알았다. 자신이 돈을 받지 못해도 아랫사람부터 챙기는 성격이었다.

"허락받지 않고 임의로 지시했습니다. 제가 지불하기로 말해 뒀습니다. 죄송합니다."

"받지 않아도 됩니다."

"아! 두 분에게 뭐라고 하려는 게 아니에요. 확실하게 하려는 것이죠. 회사의 업무를 맡았는데 공장장님이 지불한다는 건 있을 수 없는 일이니까요. 오늘 공장장님에게 준다고 한 금액만큼 제가 드릴게요."

"그러지 않으셔도 됩니다."

"괜찮습니다."

"제가 안 괜찮아요. 앞으로는 그렇게 생각하지 마세요. 일을 했으면 대가가 따르는 건 당연한 겁니다. 명심하세요.

회사는 절대 대가 없이 사람들에게 지시하지 않습니다."

차준후가 분명하게 주지시켰다.

무임금으로 일해야 하는 사람은 세상 어디에도 존재하지 않는다.

"여기 있습니다. 받으세요."

그가 지갑에서 돈을 꺼내 내밀었다.

"……네."

"감사합니다."

돈을 건네받은 그의 고개가 존경심에 절로 더 숙여졌다. 눈가가 붉어진 감홍식이 어깨를 들썩거렸다.

'이 돈이면 집에 쌀과 채소를 사 갈 수 있어.'

집안에 먹을 쌀이 부족해서 걱정이었는데 단숨에 해결됐다. 그의 손에 들린 40환은 작다면 작을 수 있지만 아주 소중한 금액이었다.

아내와 아이들을 볼 면목이 생겼다.

두 사람은 노동 임금에 대해 확고한 사장님을 모시게 됐다는 걸 깨달았다.

좋기는 한데, 너무 좋아서 몸 둘 바를 몰랐다.

그들은 직원이 사소하게 다른 사람에게 심부름시킨 것까지 비용을 지불하는 사장은 본 적이 없었다.

쥐꼬리만 한 월급을 주면서 직장 업무를 넘어 각종 잡무까지 시키는 게 현실이었다. 잡무를 거부하면 직장에서 쫓겨났다.

'당연한 건데, 너무 고마워하네.'

차준후가 송구해하는 두 사람을 보면서 어이없어했다.

분명 시대가 다르기는 하다.

두 사람의 얼굴에 2020년대를 살았던 임준후의 얼굴이 겹쳐졌다.

'약자를 함부로 대해서는 안 돼!'

속으로 분명하게 다짐하며 경계했다.

상황이 바뀌었다고 마음대로 행동하였다가는 가치관이 바뀔 우려가 있었다. 그렇게 되면 그건 미래의 순수한 자신이 아니었다.

다른 사람들을 대우하는 건 회귀, 빙의한 자신을 놓치지 않은 길이기도 했다.

"회사의 첫 제품을 만드는 데 피마자유, 올리브유, 밀랍, 목랍, 향료 등이 필요합니다. 식물성 포마드를 만들 생각입니다."

차준후가 회사의 첫 제품을 밝혔다.

"식물성 포마드면 식물성 유지를 주원료로 하여 만드는 제품이군요. 국내 제품 대부분이 광물성 포마드이고, 밀수로 들여오는 일제 식물성 포마드 크림이 좋다고 들었습니다."

최우덕은 얼마 전까지 화장품 회사의 공장장이었기에

업계에 대해서 잘 알았다.

식물성 포마드는 기분을 좋게 해 주는 향기와 끈적임, 점착성, 퍼짐성이 좋기 때문에 선풍적인 인기를 끌고 있었다.

"식물성 포마드 크림은 비싼 데도 불구하고 물건이 없어서 난리이지요."

"국내 제조사들이 노력하고 있지만 기술이 부족해서 못 만들어 내고 있는 실정입니다."

최우덕이 조심스럽게 우려를 표했다.

식물성 포마드 크림이 좋은 건 맞지만 제조하기가 어려웠다.

제조를 시도하다가 괜히 자금만 깨진 독에 물 붓기 꼴이 될 수 있었다.

"그건 걱정하지 마세요. 만드는 데 들어가는 원재료와 배합 비율 등에 대해서는 제가 잘 알고 있으니까요. 제가 말했던 식물들이 바로 식물성 포마드에 들어가는 재료들입니다."

차준후의 담담한 음성이 흘렀다.

* * *

재료만 준비되면 곧바로 식물성 포마드 크림을 만들어

낼 수 있었다.

"아! 이건 대단한 기술입니다. 저희한테는 물론이고, 절대 함부로 이야기하시면 안 됩니다."

최우덕이 주변을 둘러보면서 주지시켰다.

혹시라도 들은 사람이 있는지 걱정하는 모습이었다.

"맞습니다. 식물성 포마드를 제조할 때도 출입하는 사람들을 통제해야 합니다."

감홍식도 고개를 끄덕였다.

'평범하지 않다고 생각했는데 이런 놀라운 기술을 가지고 있으셨구나. 괜히 화장품 회사를 차린다고 하신 게 아니었어.'

차준후를 바라보는 눈빛에는 존경심이 넘쳤다.

"원재료가 중요하지만 더 중요한 건 배합 비율과 향료 등을 첨가하는 방법입니다. 냄새가 강해서 배합 비율을 잘 지켜야 하고, 많은 향료를 첨가해야 하지요. 향료에 따라 다양한 향으로 제조할 수 있습니다. 제조 설비가 설치되면 어떻게 제작해야 하는지 공장장님에게 알려 드리죠."

차준후가 최우덕에게 식물성 포마드 크림 제작을 맡길 작정이었다.

'언제 내가 다 하나? 사소한 일들은 공장장에게 맡겨야지.'

해야 할 일들이 많았고, 하고 싶은 일들도 많았다.

사실 그도 잘 알았다.

미래에서도 화장품의 제작 공정은 회사마다 절대적인 특급 기밀로 취급했다. 배합 비율과 제작법을 알고 있는 사람이 손에 꼽을 정도로 적었다.

회사의 특급 기밀을 알려 주겠다는 건 전적으로 신뢰하겠다는 방증이었다.

"믿고 맡겨 주셔서 영광입니다. 신뢰에 보답하겠습니다."

최우덕의 숙인 고개가 아까보다 더 아래로 내려갔다.

마치 땅바닥에 닿을 것처럼.

"제작 용기는 유리로 했으면 좋겠어요. 가능할까요?"

차준후는 포마드 크림 용기를 세련된 유리 용기에 집어넣고 싶었다. 고급스런 화장품들은 대부분 아름다운 유리 용기들에 담겨 있었다.

화장품은 단순히 얼굴이나 몸에 찍어 바르는 게 아니라 문화와 예술을 품고 있는 종합 제품이다.

"최대한 알아보겠습니다. 그런데 유리 공급이 시중에서 어렵습니다. 적은 양을 구하는 건 가능한데, 대량으로는 구입이 불가능에 가깝습니다."

마치 잘못을 저질렀다는 듯 감홍식이 조심스럽게 이야기했다.

유리 용기 제작에는 규사와 같은 원재료가 있어야 했

고, 1,500도의 높은 열이 필요했다. 원재료를 구하기도 어려웠으며 또 높은 열을 발생시킬 수 있는 시설도 턱없이 부족했다.

"그럼 어쩔 수 없지요. 대량으로 구할 수 있는 괜찮은 용기를 구하면 됩니다."

시원하게 방향을 전환했다.

시대와 현실 상황이 허락하지 않는다는데 무리하게 추진할 필요가 없었다.

'차후에도 유리 용기를 구하기 힘들면 유리 공장을 짓든지 하자.'

차준후는 화장품 사업의 튼튼한 기반이 되어 줄 유리 공장까지 염두에 뒀다.

유리는 철, 시멘트와 함께 3대 건축 재료이다.

'국내에는 유리의 주원료들인 규사와 생석회가 자연에 풍부하고, 탄산나트륨을 만들어 내는 법도 내가 알고 있으니 유리 제작이 어렵지는 않다.'

규사, 생석회, 탄산나트륨 등의 혼합물을 고온에서 녹인 후 냉각하면 투명도 높은 유리가 만들어진다.

유리 공장은 충분히 매력적인 산업이다.

'아직 세상에 나오지 않은 이중 유리, 삼중 유리, 강화 유리 등 특화 유리를 내놓으면 재미있겠어. 지금으로써는 시대를 앞선 물건들이니 상황에 맞춰서 출시해야겠다.'

화장품 사업을 벌이는 차준후는 미래에 지식을 일찌감치 세상에 풀 생각이 없었다.

 내놓더라도 반 발자국 정도만 앞설 생각이었고, 혁신적인 제품을 출시하여 불확실한 나비 효과를 일으키고 싶지 않았다.

 "대량으로 구할 수 있는 물품은 플라스틱 용기입니다."

 "그걸로 하죠."

 플라스틱은 무난한 용기였다.

 "용기 겉 포장 상표는 어떻게 하시렵니까? 세련된 상표를 내려면 일제 신형 인쇄기를 가지고 있는 인쇄소에 미리 예약을 해야 합니다."

 가격이 먼저가 아니라 최고의 품질을 원하고 있는 걸 알아차린 최우덕이 조언했다.

 일본이 남기고 간 구형 인쇄기들과 달리 신형 인쇄기들은 표지 겉면에 광택이 흘렀다. 반짝거리는 표지로 된 겉 포장이 용기를 두르면 평범한 물건들도 멋있게 보일 정도였다.

 "공영소가 좋다고 들었습니다."

 오대양 창업주가 초창기에 인쇄를 맡기던 인쇄소였다.

 "중구 을지로에 있는 공영소라면 일제 기계를 가지고 있는 인쇄소입니다. 그곳에서 인쇄하는 상표는 소위 때깔이 다르지요."

공영소는 해방 전 일본 인쇄소에서 근무했던 기술자가 고국으로 돌아와서 창업한 인쇄소였다. 인쇄 가격이 비쌌지만 품질이 훌륭하다는 평이 많았다.

"상표 디자인은 제가 따로 알아보겠습니다. 디자인을 잘하는 사람을 알고 있습니다."

"디자인이라면?"

"아! 상표 도안을 이야기하는 겁니다."

입에 버릇처럼 달라붙은 것처럼 영어로 이야기한 차준후가 국어로 순화시켰다.

"상표 도안도 공영소에서 잘한다고 들었습니다."

최우덕이 공영소를 추천했다.

"그곳도 나쁘지는 않지요."

오대양 창업주가 첫 제품의 상표 도안을 의뢰한 곳이 바로 공영소였다. 무궁화꽃을 세련되게 표현한 상표 도안은 사람들의 눈길을 확 끌어들일 정도로 멋있게 나온다.

"공영소에 맡기면 좋은 상표 도안이 나오는 게 틀림없겠지요. 그러나 저는 첫 작품에, 품질에 어울리는 멋진 옷을 입히고 싶습니다."

차준후는 오대양 창업주와 다른 선택을 하기로 했다.

일종의 모험이었다.

위험!

실패하거나 망할 수도 있다는 느낌이 오히려 차준후를

불타오르게 만들었다. 과거를 알고 미래의 기술을 알고 있다는 사실 때문이 아니라 스스로의 판단으로 나아간다.

판단은 어디까지나 오롯이 차준후의 몫이다.

'변수가 일어난다고 해도 감내하자. 식물성 포마드 크림 품질에는 자신이 있다. 품질에 어울리는 환상적인 디자인을 가지고 싶다.'

확정된 성공이 아닌 더 높은 곳을 바라보는 강렬한 욕망이 무럭무럭 자라났다. 커져 가는 욕망으로 인해 마음이 충만해졌다.

짜릿하면서 살아 있다는 걸 강하게 느꼈다.

사실 이때만 해도 국내에는 디자인이라는 개념이 거의 없었다.

2020년대 백화점 1층 화장품 상점을 방문하면 세련되고 고급스런 화장품들을 쉽게 볼 수 있다. 높은 명성을 지닌 화장품들의 아름답고 멋진 모습들이 차준후의 눈에 아른거렸다.

"화장품은 속 내용물도 중요하지만 겉도 중요합니다. 보이는 게 먼저입니다."

사람이나 물건이나 비슷한 부분이 있다.

사람들은 외모가 아닌 됨됨이가 중요하다고 말하지만 미남 미녀가 대우받는 세상이다. 잘생긴 외모만으로도 큰돈을 벌 수 있다.

차준후는 단순히 국내에서 멋진 상표 도안이 아닌 사람들이 모두 인정할 정도로 세계적인 수준을 원했다.

"저도 방문한 상점 매대에서 화려한 용기를 지닌 화장품에 먼저 눈길이 가고는 합니다."

"과일도 못난이는 안 팔리고, 잘생긴 놈만 팔리지요."

최우덕과 감홍식이 동의했다.

"디테일……. 상표 도안은 화장품의 명성에 지대한 영향을 끼칩니다."

차준후는 단순한 화장품이 아닌 세상에 통할 명품 브랜드를 만들 생각이었다.

그때 발소리가 들려왔다.

차준후가 고개를 돌려 보니 변성우였다.

건물주의 방문 소식을 전하기 위해 공장으로 뛰어오고 있는 모양이었다.

변성우의 눈에 공장 공터에서 두 사람과 진지하게 이야기를 나누고 있는 차준후가 보였다.

"표정이 좋으신 걸로 보아 이야기가 잘된 모양입니다."

"이야기가 원활하게 된 모양입니다."

두 사람은 공장 임대 계약을 진행하는 걸로 이해하고 있었다.

"공장을 팔려고 건물주가 지금 오겠다고 하외다."

뒤이어 들려오는 소리에 깜짝 놀라고 말았다.

"헉! 사장님, 임대가 아니라 매매였군요."

놀란 두 사람의 얼굴에는 기쁨이 역력했다.

임대 공장에서가 아닌 사장님 소유 건물 공장에서 일한다는 건 직원으로서 느낌이 달랐다. 돈이 없어서 폐업하고 사라진 전 사장과 달리 재력이 심상치 않은 차준후가 더욱 빛나 보였다.

"시작이 좋네요. 본격적으로 회사를 시작해 보죠. 공장장님은 재활용품 업자분에게 가서 내일 아침 물건 납품을 시작해 달라고 하세요. 감홍식 영업 사원은 같은 날 제가 말한 재료들을 공장으로 배달시키세요."

시원하게 지시를 내린 차준후는 내일 공장 건물 부동산 계약을 끝마치고 회사 창업 서류까지 관할 세무서에 신고할 작정이었다.

화장품 제조업은 허가제가 아닌 신고제였기에 서류만 제출하면 곧바로 영업이 가능했다.

"사장님, 열심히 일하겠습니다."

"저도 견마지로를 다하겠습니다, 사장님."

내일부터 진짜 사장으로 등극하는 차준후의 입가에 잔잔한 미소가 흘렀다.

"잘 판매한 거고, 잘 매입한 겁니다."

천애 부동산에서 공장 부지 매매 계약서가 작성됐다.

인감도장을 매매 계약서에 꾹 찍은 건물주가 시원섭섭한 표정을 짓고 있었다.

"여기 계약금입니다."

차준후가 매매 대금의 10%인 7만 8천 환의 계약금을 지불했다.

"제대로 받았소이다."

지폐를 확인한 건물주가 변성우를 바라보았다.

"사장님, 농사지을 땅을 알아봐 주세요."

"걱정하지 말고 기다리세요. 적합한 한강 이남 부지를 알아봐 드리리다."

"농사지으시게요?"

차준후의 말에 건물주였던 사내가 고개를 끄덕였다.

"땅을 팔지 말고 오래도록 농사지으세요. 그럼 좋을 날이 올 겁니다."

"그럴까요?"

"그렇게 오래 걸리지는 않을 겁니다."

"정말로 그런 날이 왔으면 좋겠네요."

미래에서 보고 왔다니까요.

땅을 팔지 않고 계속 농사지으면 대대손손 먹고살 수 있게 됩니다!

"은행 대출계 직원을 닦달하여 최대한 빨리 대출금이 나올 수 있도록 할 예정이오. 아마 10일 전후 걸릴 거라고 예상하면 될 것이외다. 나머지 잔금을 다 받으면 그때 비로소 매매 계약이 마무리되는 것이지요."

변성우가 매매 계약 절차에 대해서 설명해 줬다.

"기다려야지요. 매매 계약이 끝났으니 이만 돌아가 보겠습니다."

전 건물주가 자리에서 일어났다.

"저에게, 그리고 한강 이남 땅을 구입할 예정인 전 건물주님에게도 좋은 거래였습니다."

차준후가 건물주에게 고개를 살짝 숙여 인사하며 말했다.

용산 땅과 건물을 팔고 한강 이남의 땅을 구입한다는 건 참으로 탁월한 선택이었다.

"사업 번창하시오."

건물주가 덕담을 남기고 복덕방을 떠났다.

"개인적으로 한강 이남이 발전할 거라고 예상하는데, 똑같은 견해를 가지고 있는 듯하외다."

"탁월한 식견이네요. 그래서 하는 말인데 용산 땅과 한강 이남 땅들을 저도 매입해야겠어요."

차준후가 한강 이남 발전의 한 부분에 발을 담그려 하고 있었다.

전영식

 종로 보신각, 종로 네거리에서 을지로 네거리 방향으로 가다가 청계로와 만나는 길목에 있다. 환하게 불빛을 밝히며 영업하고 있는 신화 백화점이 맞은편에 보인다.
 뎅! 뎅! 뎅!
 오후 6시, 보신각의 타종 시간이 되자 종소리가 울렸다. 조선 시대 옷을 입은 사람들이 등장해서 보신각의 종을 타종하고 있었다.
 일반인들을 위한 타종 체험식이 진행되고 있었다.
 깊은 종의 울림이 일대에 퍼져 갔다.
 끼익!
 시발택시 한 대가 보신각을 인접한 도로에 멈췄다.
 '잠시 조선 시대에 온 느낌이야.'

차준후가 종소리를 들으면서 차에서 내렸다.

1960년대 서울 시내에서 가장 인기 있는 지역 가운데 한 곳이 바로 종로였다. 많은 사람이 종로의 거리를 걷고 있었다.

신화 백화점에서 길을 따라 쭉 내려가다 보면 명동 극장사가 위치하고 있었다. 잘 차려입은 젊은 남녀들이 커다란 간판이 걸려 있는 영화를 보기 위해 명동 극장사로 들어가고 있었다.

3층 건물로 눈에 확 띄는 화려한 간판을 달고 있는 명동 극장사였다.

"영화 상영이 얼마 남지 않았습니다."

"표를 구매하고 들어가세요."

명동 극장사의 직원들이 매표소 밖에까지 나와서 표를 판매했다. 직원들 가운데 붉은 양말을 입은 남자에게 차준후가 다가갔다.

"안녕하세요."

"표 한 장 드릴까? 근데 혼자 오셨소? 영화 보러 올 거면 연인을 데리고 와야지."

"전영식이라는 사람을 보러 왔습니다."

"전영식? 누구지?"

"여기서 간판 그림을 그린다고 들었습니다."

"아! 새로운 젊은 친구 성이 전씨였어."

"제가 아는 그분 맞네요."
"그런데 지금 영화 상영 중이라 그냥 들여보낼 수 없는데……. 공짜로 보려는 사람이 많아서. 영화가 끝난 뒤에 다시 찾아오시오."
붉은 양말 사내가 몸을 돌리려고 했다.
"표 한 장 주세요."
차준후가 지갑을 꺼냈다.
"엥? 영화가 끝난 뒤에 오면 들여보내 준다니까."
"제게는 시간이 돈입니다."
집에 돌아가 봐야 할 일이 없다거나 백수라면 종로 일대를 돌아다니며 시간을 낭비할 수도 있었다. 그러나 하고 싶은 일들이 많은 지금 시간을 허투루 쓸 수는 없었다.
"표를 사 줘서 고맙기는 한데…… 돈이 남아도나?"
"너무 많아서 주체하지 못할 정도이네요."
차준후가 자부심을 드러냈다.
내야 하는 상속세의 액수만 해도 대한민국에서 손가락에 꼽히는 위치였다.
"하하하하! 자신감이 대단한 젊은이네. 공짜로 영화를 보려는 사람이 아닌 것처럼 보이니, 그냥 들어가게나. 간판 제작실은 3층에 있네."
붉은 양말 사내가 돈을 받지 않고 안으로 들어가라고

손짓했다.

정말 돈이 많다니까요.

대체 왜 믿지를 않는 겁니까.

그래도 그냥 들어가라고 하니까 감사합니다.

"많이 파세요."

차준후가 인사를 하며 한국에서 가장 잘나가는 극장 가운데 한 곳인 명동 극장사 안으로 들어섰다.

'예술!'

범람하는 문화 콘텐츠의 시대에서 살아온 차준후이지만 예술에는 범생이나 마찬가지였다.

화랑이나 박물관 등을 찾아가서 작품을 보는 건 좋아했지만 직접 그림을 그리는 실력은 한마디로 허접했다.

예술적인 디자인을 화장품에 입히기 위해서는 예술가의 도움이 절실하게 필요하다. 그것도 자신이 염두에 두고 있는 개념을 명확하게 풀어 줄 수 있는 실력가가 있어야 한다.

'비운의 예술가!'

차준후의 뇌리에 근대화가 작품전에서 봤던 작품의 주인이 떠올랐다.

오대양 회사의 신입으로 고생하고 있을 때였다.

답답한 마음을 풀기 위해 박물관과 화랑들을 방문하였고, 어느 화랑에서 근대화가 작품전을 구경할 수 있었다.

그리고 다른 작가의 작품들과 함께 걸려 있던 한 점의 작품을 보고서 충격을 받고 말았다.

작은 종이 위에 그려진 흑백의 드로잉 작품이었다.

죽죽 그어진 선들과 함께 흑연이 훑고 지나간 검은 빛깔로 번들거리는 흔적들이 기하학적인 형상을 이뤘다.

'경이로웠지. 다른 모든 작품을 압도하고 있었어.'

눈을 뗄 수 없을 정도로 강렬한 느낌을 받았다.

너무 큰 충격을 받았기에 작품 작가에 대해 조사했고, 명동 극장사에서 일하다가 젊은 나이에 결핵으로 요절했다는 사실을 알아냈다.

'전영식.'

가난하고 고독하며 외로운 삶을 보낸 그를 기억하는 사람들은 많지 않았다. 정말 보기 드문, 멋지면서 예술적인 작품을 남기고 떠난 천재 작가이지만 소외되고 외면당했다.

예술적인 안목이 일천한 그였지만 국내 작가들 가운데 전영식만큼 커다란 울림을 준 작가는 경험하지 못했다.

'전영식 화가가 가치를 인정받기를 바랐지만 결국 대한민국 미술사에서 별다른 자취를 남기지 못하고 매몰됐지.'

씁쓸한 현실이었다.

미술계 일각에서 전영식에 대해 재평가해야 한다고 말

했지만 결국 말로만 그치고 말았다.

 개인적으로 머잖아 제 가치를 받게 될 날이 올 거라 생각하고는 했다.

 그렇게 믿었다.

 그런데 그렇게 높게 평가했던 예술가를 직접 만날 수 있는 기회가 찾아왔다.

 '지금 만나러 갑니다.'

 차준후가 역사적으로 제대로 밝혀지지 않은 미지의 인물이나 다름없는 전영식과 같은 건물에서 걸어가고 있었다.

 뚜벅! 뚜벅!

 계단을 통해 3층으로 향했다.

 '어떤 인물일까?'

 심장이 두근거렸다.

 사실 개인적인 욕심도 있었다.

 '애플 망고가 아름다운 예술적인 디자인으로 성공한 측면도 있지.'

 한입 베어 먹은 애플 망고의 산업 디자인은 세계적으로 명성이 드높다. 제품의 기본 개념 구상부터 최종 제품 생산까지 치밀하게 사소한 부분까지 집중한다.

 명품은 디테일에서 나온다고 했다.

 그런 디테일함을 차준후는 기획 단계부터 생산 제품에

녹여 내고 싶었다.
 천재를 돕고 싶은 마음!
 그리고 천재의 도움을 받고 싶어서 걸어가는 길이기도 했다.

 온갖 물감과 널찍한 간판들이 널브러져 있는 간판 제작실.
 명동 극장사의 간판을 제작하는 작업실이었다.
 "영식아, 내가 예술적인 느낌을 담아 제대로 그리라고 그랬지."
 짧은 고슴도치 머리를 한 사내가 앳된 청년의 가슴을 퍽퍽 때렸다. 호리호리한 청년이 금방이라도 쓰러질 것처럼 휘청거렸다.
 "네."
 전영식이 맞을 때마다 뒤로 물러났다가 다시 제자리로 복귀했다.
 "남녀 주인공이 애틋하게 바라봐야 한다고 했잖아. 그런데 봐라. 이건 그냥 무미건조한 눈빛이야."
 작업실에서는 다음 주에 새롭게 상영할 영화의 간판을 제작하고 있었다.
 "죄송해요. 제가 실력이 부족해서……."
 전영식이 연식 고개를 숙였다.

"지금 바로 지우고 다시 그려."

간판 제작실의 수장 밑에 있는 한충백이 씹어뱉듯이 내뱉었다. 간판 제작실에는 총 세 명이 근무하고 있었는데, 전영식이 가장 밑바닥이었다.

"죄송한데, 야간 학교에 가야 해서요. 갔다 와서 그리면 안 될까요?"

"매일 죄송하다고 하는 놈이 지금 순간 뭘 해야 하는지 모르네."

"그게 아니라……."

"변명은 때려치워. 야간 학교가 중요하냐? 선배가 하는 말이 하나도 중요하지 않은 모양이구나."

가슴을 때리는 주먹질에 힘이 더욱 실렸다.

"알겠어요. 바로 다시 그릴게요."

전영식이 마지못해 대답했다.

명동 극장사의 간판을 그리는 막내 화가로 일하며 야간 학교를 다녔다.

어려서부터 그림 그리기를 좋아했기에 그림을 배우고 싶었고, 극장 간판 제작실에 들어와서 허드렛일을 해 가며 천신만고 끝에 간판 제작에 참여하고 있었다.

"그래야지. 하면 할 수 있잖아. 빨리 일 시작해라."

그제야 만족스럽게 웃으며 주먹질을 멈추는 한충백이었다.

"네."

"간판 테두리에 그려 넣을 장미꽃들도 풍성하게 표현해 내라. 내일 와서 제대로 해 놓지 않았으면 혼난다."

자신이 해야 할 일까지 막내에게 떠넘긴 한충백이 간판 제작실에서 나갔다.

"하아! 오늘 미술사 수업을 듣기로 했는데……."

전영식이 한숨을 길게 내쉬었다.

근래 들어 한충백의 짜증과 폭행이 도를 넘어섰다.

"정말 꼴불견이네."

한충백이 왜 자꾸 자신에게 성질을 내는지 알았다.

"간판 제작에 본격적으로 참여하게 되면서 자기 영역을 침범한다고 느끼는 거겠지. 동조 아저씨가 인물을 그리라고 한 다음부터는 더욱 난리를 치고 있고."

간판 제작실의 수장인 동조 아저씨가 일취월장하는 전영식의 그림 솜씨를 높이 평가했다. 그렇기에 간판의 꽃이라고 할 수 있는 남녀 주인공을 그릴 수 있었다.

자신의 역할을 빼앗긴 이인자 한충백이 전영식을 시기 질투했다.

"이걸 왜 못 그리는 건데? 쉽잖아."

전영식이 붓에 물감을 듬뿍 묻혀 장미꽃들을 빠르게 그려 나갔다.

한 번도 쉬지 않고 움직이는 붓끝에서 풍성한 장미꽃들

이 살아 있는 것처럼 생생하게 피어났다.

한충백의 몫을 단시간에 곧바로 끝마쳤다.

전영식이 신나를 이용해서 과감하게 기존의 물감을 닦아 내갔다.

잘못하면 물감이 번지거나 주변의 그림이 제거될 수 있었기에 매우 주의를 기울여야 했는데도 불구하고 그의 손놀림에는 주저함이 보이지 않았다.

"애틋한 시선을 원한다고? 그럼 보여 주지."

그의 머릿속에 남녀 주인공의 형상이 확고하게 떠올랐다.

모든 것을 자신의 감각에 맡겨 버렸다.

주위의 모든 소리들이 사라지면서 오직 간판만이 눈에 확연하게 들어왔다.

똑똑똑!

노크 소리가 울렸다.

슥! 스윽!

붓이 간판 위에 춤을 추듯 움직였다.

똑똑똑똑!

노크 소리가 재차 울렸지만 전영식의 귀에는 들리지 않았다.

조용히 문이 열렸다.

차준후가 안으로 들어섰다가 그림을 그리고 있는 전영

식을 발견하고 조용히 한쪽에 머물렀다.

무섭게 집중하고 있는 전영식의 손길 아래에서 남녀가 새롭게 탄생했다. 서로를 바라보는 아름다운 남녀의 애틋한 눈길에는 사랑하는 감정이 담겨 있었다.

"잘 나왔네."

자신이 만든 그림을 바라보는 전영식의 입가에 만족스런 웃음이 걸렸다.

"서로를 바라보는 눈길이 좋네요."

차준후가 화려한 가운데 결정적인 남녀의 눈길을 알아보았다.

등 뒤에서 들려온 목소리에 전영식이 고개를 돌렸다.

"누구시죠?"

"차준후라고 합니다."

"여기는 외부인 출입 금지인데요?"

"실례했네요. 노크를 했는데 아무 소리도 들리지 않아 들어오게 됐습니다."

차준후가 가볍게 고개를 숙였다.

"제가 집중하면 외부의 소리를 듣지 못해서요. 무슨 일로 오셨나요?"

"전영식 화백을 만나러 왔습니다."

"저를요? 무슨 일로요? 그리고 제가 화백이라고 불릴 정도는 아닌데요."

'역시! 전영식이었구나.'

차준후가 찾고 있던 전영식이 바로 눈앞의 앳된 청년이었다.

"회사 로고와 화장품 디자인을 맡기려고 찾아왔습니다."

"제게요?"

전영식이 놀란 표정을 지었다.

생각지도 못한 말이었기에 심장이 두근두근 뛰었지만 잘못 들었나 싶었다.

뜨거운 눈길로 차준후를 빤히 바라보았다.

"맞습니다."

"저의 뭐를 보고요?"

"눈앞에 결과물이 있잖습니까. 무척 마음에 듭니다."

차준후가 간판을 살피며 말했다.

보여 주고자 모든 것을 단 하나의 형태로 명료하게 보여 주고 있는 간판의 그림이었다. 간판을 본 사람들이 남녀의 사랑 이야기를 궁금해할 형태가 제대로 구현되어 있었다.

예전 감동을 받았던 그림의 일부가 간판에 녹아들어 있었다.

"회사 로고와 화장품 디자인이라고요? 정확하게 무슨 일을 맡기려고 하는 건가요?"

"회사 로고는 기업을 광고 홍보하기 위하여 사용하는 시각적인 상징을 의미합니다. 사람들이 회사 상징을 보면 이것이 바로 스카이 포레스트구나, 하면 되는 거죠. 화장품 디자인은 간단하면서도 결정적인 상표 도안을 해 주시면 됩니다."

차준후가 로고와 디자인에 대해서 설명했다.

"음! 간단하면서 결정적인 하나의 형태로 사람들에게 접근해야 하겠군요."

"제가 원하는 바가 바로 그것입니다."

단 한 점이라도 작품다운 작품을 그리려고 하는 전영식에게 차준후의 일거리는 마음에 쏙 들었다.

"회사 로고를 통해 사람들이 어떤 느낌을 받았으면 하는 건가요?"

"세 개의 동그라미는 과거, 현재, 미래를 나타냅니다. 시간의 흐름을 담고 있는 로고는 하나의 거대한 숲의 생태계를 이루는데, 그게 바로 스카이 포레스트입니다."

허공에 세 개의 동그라미를 겹쳐서 그린 차준후가 로고의 의미를 설명했다.

* * *

미래에서 과거로 와서 현재를 살아가는 사람!

자신을 잃어버리지 않게 1960년대에 숲을 일궈 나가는 자!

회사의 로고와 이름에는 차준후의 모든 의미가 담겨 있었다.

독일 자동차 네 개의 동그라미를 가진 회사 로고와 유사했는데, 삼각형 배치가 되어 있다는 점이 달랐다.

슥!

로고에 담긴 이야기를 듣는 순간 전영식의 마음속에서 결정적인 하나의 형태가 떠올랐다.

붓을 든 전영식이 곧장 손을 움직이기 시작했다.

작업대 위의 팔절지 크기의 종이에 그림이 그려졌다.

아무런 주저함 없이 마구 움직이는 것처럼 보이는 붓끝에서 동그라미들이 피어났다. 종이의 미세한 결 사이로 흠뻑 스며든 검은 물감이 완벽한 원이 아닌 일그러진 원으로 변했다.

붓으로 기존 동그라미 위를 문지르면서 마음속의 형태를 표현해 냈다. 자신만의 세계를 간단한 선 위에 녹여 내기 위해 집중했다.

탁!

전영식이 붓을 내려놓았다.

짧은 순간 무섭게 집중한 그의 손끝 아래에서 스카이포레스트의 로고가 탄생했다.

"제가 원하는 바가 투영된 로고입니다."

차준후가 감탄했다.

눈앞의 로고를 보면서 감동을 받고 있었다.

세 개의 원으로 된 꽃의 형상 안에 나무가 그려져 있었다.

영혼을 뒤흔드는 로고라고 할까?

차준후의 마음속에 깃들었던 상념이 로고에 고스란히 녹아들어 있었다.

"화장품 디자인이란 건 어떻게 하나요?"

한껏 흥이 난 전영식이었다.

회사 로고에 이어 화장품 디자인까지 단번에 끝장을 내려고 했다.

"머리에 바르는 포마드 크림인데 골든 이글, 황금 독수리라고 합니다. 황금빛 머리카락을 바람에 흩날리는 독수리를 그려 주시면 됩니다."

차준후가 원하고 있는 바를 이야기했다.

듣자마자 전영식이 씩 웃더니 종전보다 더욱 빠르게 붓을 움직였다. 부드러운 가운데 강렬한 느낌을 뿜어내는 독수리가 종이 위에서 날고 있었다.

불과 짧은 시간 안에 스카이 포레스트 회사 로고와 골든 이글 화장품 디자인이 완성됐다.

두 가지 그림에서 차준후가 전영식의 천재성을 보았다.

"이처럼 빨리 완성될지 몰랐습니다."

차준후가 로고와 디자인에 대해 이야기를 한 다음에 가격을 이야기할 작정이었다. 그런데 그런 말을 꺼낼 새도 없이 뚝딱 눈앞에 결과물이 나타났다.

"1만 환을 드리겠습니다."

"네?"

생각지도 못한 거액을 전해 들은 전영식의 눈이 휘둥그레졌다.

한 달에 겨우 100환의 돈을 받고 일했다.

병장 월급보다 적은 건 그림을 배우고 있다는 현실이 가미되어 있기 때문이다. 기술을 전수받는 모든 분야의 업종 월급이 박한 시절이었다.

"부족하십니까?"

충분하다고 생각하지만 전영식이 부족하다면 차준후가 기꺼이 비용을 더 지불할 작정이었다.

세계에서 통할 회사의 로고와 화장품 디자인을 만드는 건 그만큼 가치가 높은 작업이다.

"아니요. 엄청나게 많아요."

생전 만져 보지 못한 거액을 들은 전영식의 심장이 요란하게 뛰었다.

19살 전영식은 어린 나이에 집안의 생계를 책임지고 있었다. 그런 그에게 1만 환은 찢어지게 가난한 집안을 단번에 일으킬 수 있는 거액이었다.
"다시 한번 소개하죠. 화장품 회사 스카이 포레스트를 경영하고 있는 차준후라고 합니다. 내일 찾아뵙고 나머지 7천 환을 드리겠습니다."

지갑에서 3천 환을 꺼내어 내밀었다.

집에서 나올 때만 해도 돈이 많았었는데 공장 매매 계약금을 지불했더니 지갑에 3천 환밖에 남지 않았다. 그리고 만나자마자 의뢰가 끝날지 예상하지 못했기에 미처 돈을 준비하지 못한 측면도 있었다.

분명 천재라고 생각하고 찾아왔는데, 그 천재성을 무시하고 말았다.

"이것만 해도 충분한데……."

삼천 환만 받아도 만족스런 전영식이다.

"그럴 수는 없지요. 7천 환을 들고 찾아오겠습니다."

1만 환 이상의 가치를 지닌 회사 로고와 화장품 디자인이었다.

"회사 수석 디자이너로 영입을 하고 싶습니다."

"수석 디자이너요?"

"디자인을 총괄하는 수장입니다."

"아! 정규 교육 과정을 받지 못한 저를 디자인 수장으로요?"

되묻는 전영식의 심정이 복잡했다.

어깨너머로 간판 제작실에서 그림을 배워 가고 있는 말단 직원이었다. 상사에게 갖은 구박을 받는 천덕꾸러기이기도 하다.

"회사에서는 앞으로 많은 제품을 출시할 예정입니다. 제품 하나하나의 디자인에 수석 디자이너의 경이로운 손길이 머물렀으면 합니다. 급여는 만족할 만큼 맞춰드리겠습니다."

의뢰비를 1만 환으로 주는 걸로 볼 때 급여 역시 엄청나게 줄 게 확실했다. 당시 급여의 평균치를 훌쩍 넘는 조건도 매력적이었지만 차준후의 태도는 매력 그 이상이었다.

"독특하며 창의적인 실력이 있는 건 분명합니다. 그렇지만 부족함이 없다고 말할 수도 없지요."

투박하고 미진한 부분이 있었다.

부족한 부분을 개화한다면 더욱 높이 비상할 수 있었다.

"제가 정규 교육을 받지 못했기에……."

"부족하면 배우면 됩니다. 배울 수 있도록 전적으로 돕겠습니다. 출퇴근 시간은 자유로울 것이고, 대학교를 다니셔도 되고, 미술 교수를 초빙하여 가르침을 받을 수도 있게 해 드리죠."

제안을 하는 차준후의 태도는 진지했고, 눈빛은 정중했다.

출퇴근 시간을 조절하여 도와줄뿐더러 교육에 필요한 지원까지 아낌없이 베풀 작정이었다.

미래에서 보았던 놀라운 작품을 직접 목격하고 싶었다.

그림을 어디서 배울 방법이 없을까?

간판을 그리는 걸로는 부족한데?

그림에 목말랐던 그에게 차준후의 제안은 그야말로 가뭄의 단비와도 같았다.

찡하는 느낌과 함께 가슴이 울컥했다.

"이처럼 저를 높이 평가해 주시니 따르지 않을 도리가 없네요. 내일 사표를 내고, 사장님과 함께할게요. 앞으로 잘 부탁드립니다."

전영식이 자신의 가치를 알아준 차준후에게 크게 감복하고 말았다.

스카이 포레스트에 몸을 담기로 했다.

"저도 잘 부탁합니다."

차준후가 주먹을 불끈 쥐었다.

죽을 때까지 명동 극장사 간판 제작실에서 일하던 전영식의 삶이 바뀌는 순간이었다.

서울 중구 을지로 인쇄소 골목.

국내 최대 규모의 출판 인쇄 업체 밀집 지역이다.

일제 강점기 경성 인쇄 공업 조합이 설립된 이래, 일본인 인쇄 업체들이 밀집되면서 시작된 지역이다. 해방 이후에 일본인들이 남기고 간 기계를 이용한 다수의 인쇄 업체들이 자리했다. 명함, 홍보 판촉물, 상업 인쇄 등 국내 인쇄물의 상당수를 을지로에서 담당하고 있다.

끼익!

시발택시가 을지로 인쇄소 골목 입구의 공터에 멈췄다.

"도착했습니다, 손님."

"감사합니다."

택시비를 지불한 차준후가 차에서 내렸다.

"공영소가 어디인가요?"

"여기에서 조금만 걸어가면 오른쪽에 공영소가 있어요."

"감사합니다."

차준후가 길 안내를 해 준 사람에게 인사를 한 뒤 걸었다.

밤 9시가 가까웠는데도 불구하고 인쇄소 골목은 환하게 빛을 밝히고 있었다. 수많은 인쇄소가 밤늦게까지 작업을 하고 있었다.

인쇄업이 성업 중이었다.

골목 안으로 조금 걸어 들어가자 공영소라는 큼지막한 간판을 걸고 있는 인쇄소가 보였다.

철컹! 철컹!

인쇄 기계 돌아가는 소리가 밖에까지 요란하게 들렸다.

"안녕하세요."

차준후가 안으로 들어서며 인사했다.

"어떻게 오셨소?"

기계에서 나오고 있는 인쇄물들과 작업하는 인부들을 감독하고 있던 공영사 사장 고윤길이 고개를 돌리며 물었다.

"화장품 상표 도안을 코팅 인쇄하기 위해 왔습니다."

방문 이유를 차준후가 이야기했다.

일반 인쇄와 코팅 인쇄는 가격이 달랐다.

"미안하지만 예약이 한 달 넘게 밀려 있소이다. 기다릴 수 있으면 상관없지만 급하면 다른 업체를 찾아가야 하외다."

공영사는 서울에서 가장 잘나가는 인쇄 업체 중 하나로, 수많은 업체와 관공서, 개인 등에서 의뢰를 받고 있었다.

가격이 다소 비싼 것이 흠이었지만 일제 기계를 사용하고 있으면서 기술자들의 실력이 좋았기 때문에 공영사에서 인쇄하는 인쇄물의 품질은 뛰어났다.

"하루라도 빨리 인쇄를 하고 싶습니다."

차준후는 기다리기 싫었다.

게다가 한 달이라는 시간은 너무 길었다.

지연된 인쇄물 공급 일정을 기다렸다가는 코앞으로 다

가온 화장품 출시일도 훌쩍 뒤로 밀리게 된다.

"쩝! 아쉽지만 그건 어렵소. 빨리하고 싶다면 그게 가능한 다른 업체를 소개해 드리리다."

"제가 출시할 상품에 세련되고 고급스런 인쇄물을 부착하려고 합니다."

화장품 용기에 붙일 고급스런 인쇄물이 필요했다.

눈에 확 띄는 멋진 상표를 붙여 시중에 선보이고 싶었다.

"안 되는 걸 요구하지 마시오."

고윤길이 선을 그었다.

떼를 쓴다고 해서 할 수 없는 일을 해 줄 수는 없다.

"세상에 안 되는 일이 어디 있겠습니까? 조건이 맞지 않을 뿐이겠지요."

"어허! 무슨 헛소리를 하는 거요? 자정 늦게까지 일을 해도 한 달 넘게 인쇄할 물량이 대기하고 있다니까."

"자정 넘어서는 일이 없다는 소리잖습니까? 그 시간 넘어서 일을 해 주시면 됩니다."

"말도 안 되는 소리! 우리도 쉬어야 하는 법이요."

공영소는 아침 7시부터 자정까지 미친 듯 돌아가고 있다.

야간 조업이 공공연한 관행처럼 통용되는 시기였다.

직원들이 2교대로 근무하고 있지만 고생이 이만저만이

아니었다.
"인쇄 비용을 두 배로 지불하겠습니다."
"뭐라고요?"
씨알이 먹히지 않을 것 같던 분위기가 바뀌어 버렸다.
딱딱하던 고윤길의 안색이 부드러워졌다.
"심야까지 일해야 하는 고된 노동에 대한 대가를 충분히 지불하겠다는 소리입니다."
"고객님, 어떤 상표 도안을 코팅 인쇄하려는 겁니까? 저의 인쇄소가 상표 도안을 멋들어지게 합니다."
충분한 인쇄 비용을 받을 수 있게 된 고윤길이 납득했다.
정규 시간을 넘어 야근하는 작업물이라고 해서 의뢰비가 더 비싼 건 아니다. 일감이 넘치기에 같은 의뢰비를 받고 열심히 일하고 있는 것이다.
지금도 작업량이 많은데 자정 넘어까지 직원들에게 일하라고 하면 불평불만을 품을 수 있었다.
그러나 두 배의 임금을 지불하겠다고 하면 그 불평불만이 눈 녹듯이 녹아 버리고 환호로 바뀌리라!
"상표는 이미 디자인해서 왔습니다. 보시죠."
차준후가 전영식이 디자인한 회사 로고와 화장품 상표 도안을 보여 줬다. 상표 도안에 화장품 용기에 맞는 규격이 적혀 있었다.

"누가 했는지 모르겠지만 훌륭한 작품입니다. 이대로 인쇄하면 되겠네요."

"언제까지 되겠습니까?"

"내일까지 됩니다. 오늘 밤을 새워서라도 인쇄물을 만들어 놓지요."

"하시는 김에 명함도 부탁할게요."

"명함 비용도 두 배인가요?"

"물론이지요."

"어디로 배달해 드릴까?"

두 배의 의뢰비로 인한 친절이 마구 묻어났다.

"용산 후암동 238-1번지 스카이 포레스트입니다. 아직 간판은 올리지 않았으니까 잘 찾아오세요. 비용은 내일 회사로 오시면 지불하겠습니다."

"편하게 지불하시면 됩니다."

고윤길이 웃으며 응대했다.

두 배의 금액으로 화장품 상표 도안 인쇄 일을 깔끔하게 해결한 차준후였다.

시간을 돈 주고 산 형국이다.

"간판도 해 드릴까? 저희가 간판도 잘 만듭니다."

"간판은 따로 제작할 사람이 있습니다."

차준후가 전영식을 떠올렸다.

돈을 떠나서 극장에서 예술적인 간판을 만들던 그에게

맡기면 될 일이었다.

"이만 가 보겠습니다."

"몸 성히 돌아가시오."

차준후가 공영소에서 멀어져 갔다.

밤바람에 바바리코트를 휘날리며 걸어가고 있는 모습이 인상적이었다.

고윤길이 멀어지고 있는 차준후를 바라보았다.

"사장님, 저 사람 돈이 남아도나 봐요. 인쇄비를 두 배로 내겠다니……. 이런 일은 처음이잖아요."

손에 기름을 잔뜩 묻힌 인쇄 기술자 한 명이 고윤길에게 다가서며 이야기했다.

"돈이 없는 우리에게는 시간이 넘치지만, 저 사람에게는 정말 돈이 남아도는지도 모르지. 딱 봐도 때깔 좋은, 비싸 보이는 체크무늬 코트를 입고 있잖아."

그 말에 기술자가 동의한다는 의미로 고개를 끄덕였다.

"진짜 돈이 많은 사람일 수도 있겠지."

"저도 돈이 많았으면 좋겠어요."

"일을 열심히 해야 돈을 많이 벌 수 있다. 일하자. 이번 건에 한해서 임금을 두 배로 지불하마."

"열심히 하겠습니다."

철컥! 철컥!

공영소 인쇄 기계 돌아가는 소리가 자정을 넘어서까지 요란하게 울렸다. 늦은 시간인데도 불구하고 두 배의 임금을 받는 기술자들이 웃으면서 일했다.

제5장.
스카이 포레스트

스카이 포레스트

밝은 아침이다.
드레스룸에서 가벼운 외투를 걸친 차준후가 밖으로 나왔다.
"택시! 용산 세무서요."
"편안하게 모시겠습니다."
대로변에 나와 시발택시를 타고 용산 세무서로 향했다.

"무엇을 도와드릴까요?"
용산 세무서 여직원이 친절하게 맞았다.
"화장품 회사 사업자 등록을 위해 왔습니다."
차준후가 의자에 앉으며 말했다.
화장품 제조 판매업 사업자 등록은 사업 개시 전 또는

시작한 날로부터 20일 이내에 영업 신고서, 임대차 계약서, 신분증, 사업자 등록 신청서인 구비 서류를 갖추어 관할 세무서에 신청해야 한다.

"화장품 회사면 신고만 하시면 돼요. 가지고 온 구비 서류를 보여 주세요."

차준후가 자필로 작성하고 인감도장을 찍은 구비 서류 등을 가방에서 꺼내어 내밀었다.

"구비 서류를 꼼꼼하게 준비하셨네요. 사업자 등록증을 발급하는 데 10분 정도 걸려요. 스카이 포레스트, 이름이 아주 멋있네요."

여직원이 곧바로 싱긋 웃으며 빠르게 움직였다.

관할 세무서에서 즉시 발급이 가능한 사업자 등록증이었다.

간혹 가욋돈을 원해서 시간을 질질 끄는 공무원도 있었지만 여직원은 자신의 업무에 충실했다.

"사업자 등록증 받으세요."

"고맙습니다."

"사업 번창하세요. 스카이 포레스트에서 나오는 화장품, 기대할게요."

보건 사회부가 집계한 전국의 화장품 회사는 140여 개다. 이제 차준후의 SF, 스카이 포레스트가 합류하게 됐다. 여기에 가마솥 등을 이용하여 화장품을 만드는 가내

수공업 규모의 업소를 합치면 그 숫자는 엄청났다.

화장품 업계는 호경기였다.

정부의 외화 통제로 국산 화장품 이외에는 외래품이 들어오지 못하는 상황이었다. 소비자들은 선택의 여지가 없었다.

없어서 못 판다는 말이 나왔을 정도였다.

판매업자들은 유명하거나 잘나가는 생산 공장의 경우에는 직접 찾아다니며 상당한 공을 들여야 제품을 얻을 수 있었다.

많은 돈을 벌 수 있다는 소문과 함께 화장품 회사들이 우후죽순처럼 마구 설립되었고, 엄청난 화장품들을 만들어 냈다.

숫자는 많았지만 품질의 수준은 말할 수 없을 정도로 조악했다. 그 여파로 인해 화장품을 멀리하는 사람들까지 생겨났다.

화장품 회사들 간의 경쟁이 치열해졌다.

도태된 회사들이 생겨났고, 그 가운데 하나가 바로 공장장이 근무했던 회사이다.

"감사합니다. 화장품은 조만간 보실 수 있을 겁니다. 기대해도 좋으실 겁니다."

차준후가 자신 있게 말하며 의자에서 일어났다.

시발택시를 타고 공장으로 향하던 차준후의 눈에 조아 은행 간판이 보였다.
'돈을 찾아야겠다.'
은행에 들리기로 마음먹었다.
현금 지급기를 통해 편하게 길거리에서 돈을 찾을 수 있는 시대가 아니다.
"기사님, 조아 은행 앞에서 멈춰 주세요."
"네."
택시가 우측으로 꺾으며 조아 은행이 인접한 도로에서 멈췄다.
택시에서 내린 차준후가 은행으로 들어갔다.
내부는 한산했다.
비어 있는 창구로 곧바로 걸어갔다.
말끔한 바바리코트를 양복 위에 걸치고 걸어오는 차준후에게 창구의 여직원이 사근거리는 목소리로 물었다.
"고객님, 무엇을 도와드릴까요?"
"돈을 출금하러 왔습니다."
"출금 전표에 출금할 금액과 계좌 번호 등을 적어 주세요."
"여기요."
차준후가 예금 통장과 함께 출금 전표에 필요한 금액과 계좌 번호를 기재하여 여직원에게 내밀었다.

"아!"

출금 전표를 본 여직원이 놀란 탄성을 터트렸다.

10만 환!

예금 통장을 보고는 더욱 기겁할 수밖에 없었는데, 엄청난 거액의 금액이 기재되어 있었다.

엄청난 재력가가 은행에 찾아왔다는 사실을 알아차렸다.

"고객님, 창구에서 처리할 일이 아니에요. 안쪽 귀빈실로 모시겠습니다."

자리에서 벌떡 일어난 여직원이 귀빈실로 안내했다.

여직원이 출금 전표를 옆의 남직원에게 건네며 지점장에게 전달하라는 눈치를 줬다. 남직원이 알아들었다는 듯 고개를 끄덕거렸다.

"그러지요."

간단하게 창구에서 돈만 출금해서 갈 생각이던 차준후가 여직원의 안내에 따라 귀빈실로 움직였다.

친절한 여직원을 난처하게 만들고 싶지 않았고, 처음으로 귀빈실이라는 곳을 방문하고 싶기도 했다.

"누군데 저런 대접을 받는 거야? 대단한 사람인가 봐."

"돈이 엄청나게 많은 모양이야. 은행 직원이 저렇게 놀란 건 처음 본다."

은행 안에 있던 사람들과 직원들이 갑작스런 일에 놀라

거나 호기심 어린 눈초리를 보냈다.

'단순한 응접실 느낌이군.'

차준후가 귀빈실을 둘러보며 느낀 생각이었다.

귀빈실이라고 말하는 것치고는 대단한 게 없었다.

차준후가 귀빈실 소파에 앉은 잠시 뒤 출금 전표를 받아 들고 사태를 파악한 은행 지점장이 곧바로 뒤따라 들어섰다.

"조아 은행 용산 지점장 한은태라고 합니다. 용산 지점을 찾아 주셔서 감사합니다."

중년의 한은태가 소파에 앉아 있는 차준후에게 허리를 깊숙하게 숙였다.

돈을 출금하기 위해 은행에 온 것이 감사할 일인가?

출금 전표에 적힌 이름을 본 순간 엄청난 재산을 상속받은 자산가가 방문했다는 걸 깨달았다.

대한 뉴스에 등장했던 자동차 사고를 알고 있었고, 차준후의 아버지인 재무성 부차관 차운성이 부동산 갑부라는 걸 잘 알았다.

조아 은행 용산 지점이 수탁한 예금을 아득히 뛰어넘는 자산가가 바로 차준후였다.

"고객님, 커피를 준비해 드릴까요? 시원한 콜라나 오렌지 주스도 마련되어 있습니다. 필요한 것이 있으면 말씀하시지요."

은행에 차준후가 원하는 게 비치되어 있지 않으면 밖으로 뛰쳐나가서 사 가지고 올 기세였다.
"괜찮습니다."
단순히 생각이 없기에 웃으며 거절했다.
"숙자 씨는 얼른 나가서 10만 환을 천 환짜리 빳빳한 신권 화폐로 찾아서 오세요."
"바로 준비해서 올게요."
여직원이 잰걸음으로 밖으로 나갔다.
"실례지만 무슨 일로 거금을 찾으시는지 물어봐도 되겠습니까?"
"앉아서 말씀하세요."
"감사합니다."
한은태가 조심스럽게 자리에 앉았다.
조아 은행 용산 지점 귀빈실인데 뭔가 위치가 뒤바뀐 것 같다?
'단순히 돈만 찾으러 왔는데…….'
차준후의 은행 방문은 단순히 눈에 보여서 들어왔을 뿐이다.
현금 쓸 일이 많을 것 같았기에 한 번에 10만 환을 찾는다.
그것이 전부다. 다른 생각이 없었다.
만약 외부에 현금 지급기가 있었다면 은행을 방문하지

않았을 거다.

그런데 눈을 초롱초롱 빛내고 있는 한은태에게 정확한 이유를 밝히면 매우 실망할 것처럼 보였다. 왠지 모르게 그 실망하는 모습을 보고 싶지 않았다.

'복덕방 사장님 주요 거래처가 조아 은행이라고 했잖아. 용산 지점일 가능성이 높아.'

용산 지점이 아니라고 해도 같은 조아 은행이었기에 다 연결이 되어 있었다.

"제가 용산 후암동에 회사를 창업하게 됐습니다."

"축하드립니다. 미리 말씀해 주셨으면 개업 축하 화환이라도 보낼 걸 그랬습니다."

"개업식을 아직 정식으로 하지 않았습니다."

"아! 다행입니다. 제가 영광스런 자리에 참석할 기회를 주십시오."

기필코 참석하겠다는 열의가 넘쳤다.

엄청난 자본을 가진 창업자에게 잘 보이겠다는 의지가 여실히 보였다.

"회사 건물과 부지를 매입하기 위해 은행 대출을 알아보려고 합니다."

"잘 오셨습니다. 최적의 조건으로 대출을 실행시키겠습니다. 시중 은행 어느 곳보다 최저의 대출 이자를 보장해 드릴 수 있습니다."

한은태가 자신이 할 수 있는 최대한의 혜택과 함께 조아 은행 본점에 연락해서 추가적인 이자 할인까지 끌어내겠다고 다짐했다.

"천애 복덕방 사장님이 있는데, 아시는 분일까요?"

"아! 알고 있습니다. 자주 방문하시는 고객님이십니다."

"제 대리인이라고 할 수 있는 분입니다. 제가 말해 놓을 테니, 그분과 대출에 관련된 이야기를 나누시면 됩니다."

차준후가 부동산과 관련된 업무를 천애 복덕방 최우덕에게 일임할 생각이었다.

"알겠습니다. 천애 복덕방 사장님과 함께 가장 좋은 대출 조건을 끌어내 보이겠습니다."

한은태가 의지를 불태웠다.

똑똑똑!

노크 소리가 울렸다.

"들어오세요."

"기다리게 해서 죄송합니다. 금고에서 신권을 빼내느라 시간을 소모했어요."

띠지를 두른 두툼한 10만 환 다발과 예금 통장이 탁자 위에 올랐다.

"고맙습니다."

차준후가 통장과 십만 환을 안주머니에 넣었다.

두둑하게 현금을 챙기니 괜히 뿌듯한 느낌을 받았다.
현금이 주는 힘이 있었다.
전영식에게 단번에 1만 환을 주지 못하는 안타까운 순간을 겪어야만 했다.
'소위 모양이 빠졌지.'
이제 그럴 일은 없었다.
"수고하셨어요."
은행을 나서는 차준후의 발걸음에 힘이 실려 있었다.
남자는 역시 지갑이 두둑해야 했다.
한은태가 직접 배웅을 하기 위해 밖에까지 동행하였다.
"기회가 닿으면 다음에 다시 뵙죠."
차준후가 고개를 살짝 숙였다.
"안녕히 가십시오. 개업식 때 불러 주시면 찾아뵙겠습니다."
한은태가 땅에 닿을 정도로 고개를 깊숙하게 숙였다.
"저 사람 뭐지? 보통 사람이 아닌가 봐."
"설설 기는구나. 엄청나게 높은 사람이겠지."
길거리에서 조아 은행 용산 지점에서 최고로 높은 지점장이 비굴할 정도로 인사를 하자 은행을 드나들던 사람들이 수군거렸다.
'다 틀렸습니다. 그저 돈 많은 사람일 뿐이에요.'

차준후가 과도하게 인사하는 한은태를 뒤로한 채 멀어져 갔다.

* * *

따르르릉! 따르르릉!
전화기가 요란하게 울었다.
"천애 복덕방입니다."
- 아저씨, 조아 은행 용산 지점 조천복입니다.
대출계 대리로 근무하고 있는 조천복의 호들갑스러운 음성이 전화기에서 울렸다. 예전부터 변성우와 알고 지내는 친한 사이다.
"그렇지 않아도 조만간 찾아가려고 했다."
- 공장 대출 건이죠?
"발 없는 말이 천 리를 간다고 하더니 젊은 청년의 창업 소문이 벌써 거기까지 전해졌나?"
변성우가 혀를 내둘렀다.
- 공장 대출하려는 분의 이름이 차준후 님이시지요?
"이름까지 알고, 대단하군."
- 소문으로 접한 게 아니에요. 오늘 은행이 한바탕 뒤집혔다니까요.
"무슨 소리인가?"

― 은행에 차준후 님이 오셨는데, 지점장님이 머리를 땅에 박을 정도로 인사하셨다니까요. 아! 이게 중요한 게 아니지. 공장 대출 건 다른 곳으로 가지고 가시면 안 돼요. 무조건 우리 지점으로 가지고 오세요. 최고로 좋은 조건으로 맞춰드릴게요.

차준후 고객이 은행에 방문했는데 왜 난리가 난 건지 도통 이해하지 못하는 변성우였다. 그러나 이내 신분이 범상치 않은 사람이라고 받아들였다.

"고객께서 대출 이자 신경 쓰지 말고 최고로 많은 대출금을 받으라고 했어. 조건이 어긋나면 다른 은행을 찾아야 해."

변성우가 요구 조건을 꺼냈다.

맞춰 주면 조아 은행 용산 지점을 방문할 수도 있지만 그렇지 않으면 다른 은행을 찾아야만 했다.

― 무조건 맞춰드린다니까요. 대출금을 매매 계약 금액의 120% 이상으로 해 드릴게요. 대출 금리도 최저로 하고요. 이번 공장 대출 건 절대 다른 곳으로 가시면 안 됩니다.

전화기에서 다급한 음성이 튀어나왔다.

* * *

원래 매매 금액의 100% 이상 대출금이 은행에서 나가서는 안 된다. 그러나 부동산 가치를 높게 책정하면, 이른바 뻥튀기시키면 100% 이상 대출이 가능했다.

금융권에서 암암리에 행하는 관행이었다.

"응? 그렇게 해 주면 나야 좋지. 그런데 왜 이렇게까지 하는 건가?"

변성우가 의아해했다.

부동산 거래를 진행하면서 은행에서 이렇게 저자세로 나오는 건 처음이었다. 항상 위에서 내려다보는 위압적인 태도를 취하고는 했다.

최대한 많은 대출금을 뽑아내기 위해 꺾기라는 관행까지 받아들이라고 차준후에게 조언하지 않았던가!

- 아저씨! 아직도 모르세요? 그분 대한 뉴스에도 나왔던 재무부 차관의 상속자잖아요. 공장 대출금 따위는 그분에게 껌값이나 다름없어요. 공장 정도는 언제든지 그냥 가볍게 살 수 있는 분이시라고요.

"아!"

변성우가 탄성을 토했다.

그제야 차준후에게 느껴지는 여유로움과 함께 엄청난 갑부의 향기를 이해할 수 있었다.

- 절대 다른 곳으로 가지 마세요. 다른 은행으로 가면 저 잘려요. 아저씨! 은행 지점장님이 무조건 이번 건을 진행시켜야 한다고 하셨어요. 아저씨! 오시기 힘들다면

제가 지금 갈까요? 지점장님도 같이 가도 되는지 옆에서 물어보시네요.

"오시게나."

- 감사합니다. 지금 출발할게요.

탁!

전화기를 내려놓는 변성우의 얼굴에 만감이 교차했다.

"엄청난 청년이라고 생각했는데, 역시 엄청난 분이셨구나."

그가 차준후를 떠올리면서 중얼거렸다.

흐름에 휩쓸린다고 할까?

엄청난 분을 만나 인생이 정신없이 무진장 바빠질 것 같은 예감을 받았다.

* * *

택시를 타기에는 거리가 지나치게 짧았기에 차준후가 걸어서 후암동 공장에 도착했다.

"걷는 것도 좋은데, 자전거라도 있으면 편하겠어. 다음에 공장으로 올 때 보았던 자전거 점포에서 구매해야겠다."

아침저녁으로 선선했지만 오후에는 강렬한 햇볕이 따갑기도 했다.

"걸어서 영업을 뛰기는 힘들겠다."

차준후가 영업 사원 감홍식에게 사 줘야겠다고 생각하며 중얼거렸다.

"시발 승용차나 트럭을 회사 차량으로 구매해서 영업팀에 주는 것도 나쁘지 않아."

정문을 통과해서 공터로 진입하면서 회사에 필요한 물품들을 생각했다.

그때 건물 안에서 일하고 있던 최우덕과 감홍식이 빠르게 튀어나왔다.

"사장님, 안녕하세요."

"사장님, 오셨습니까."

두 사람이 출근한 차준후를 알아보고 인사했다.

차준후가 과하게 인사하는 직원들을 보면서 웃었다.

"밤새 잘 지냈어요?"

"덕분에 편안하게 보냈습니다."

감홍식은 어제 받은 돈으로 쌀과 반찬 등을 풍족하게 구입하여 집으로 돌아갔다. 취직했다는 이야기를 하자 부인의 눈에 눈물이 핑 돌았고, 아이들이 방방 뛰면서 좋아했다.

"공장장으로 취임했다고 말하니 가정이 발칵 뒤집혔습니다."

최우덕이 환하게 웃으며 말했다.

"두 분이 좋게 보냈다니 저도 좋네요. 그런데 앞으로는 제가 출근했다고 해서 지금처럼 마중 나오지 마세요. 자연스럽게 봤을 때 인사하면 그만입니다."

"네."

"알겠습니다."

차준후를 따라 두 사람이 건물 안으로 들어섰다.

어제까지만 해도 휑했던 건물 안에는 책상과 의자들이 상비되어 있었고, 책상 위에 전화기가 반짝반짝 빛나고 있었다.

"전화기와 사무 용품들이 설치되어 있네요. 중고 업자분이 벌써 왔다가 갔나요?"

"이른 아침부터 와서 설치를 하고 돌아갔습니다. 책상과 의자는 중고 업자가 무료로 준다고 말했습니다. 전화기는 천애 복덕방 사장님이 개업 축하 선물로 미리 드리는 거라고 말씀하셨고요."

복비 외에 추가로 성과급까지 큰돈을 벌게 된 김운보가 전화기를 떡하니 내놓았다.

"전화기 잘 받았다고 따로 인사해야겠네요. 그런데 중고 업자는 돈을 받지 않고 돌아갔어요?"

차준후가 물었다.

상식적으로 중고 거래는 현찰 박치기였다.

현장에서 물건과 현금을 교환해야 했는데, 중고 업자 박창희가 그냥 돌아갔다고 하니 이상한 일이었다.

"다음에 받으러 온다고 했습니다. 사장님에게 잘 부탁한다고 신신당부를 하고 떠났습니다."

아무래도 박창희가 상속자 차준후의 실체에 대해서 안 모양이었다.

잘 부탁할 일이 있나?

중고 업자 입장에서는 그럴 일이 있는가 보다.

"오늘 오라고 전화하세요. 방문하면 그때 지불하지요."

차준후가 대수롭지 않게 넘겼다.

실제로 별다른 일이 아니었고.

수중에 있는 천 환짜리 지폐 아홉 장만 넘기면 되는 간단한 사이였다.

"연락해 두겠습니다."

"오늘 포마드 크림을 제작하려면 재료들을 구매하러 가야겠네요."

"외상 구매를 해서 제조실에 비치해 뒀습니다."

감홍식이 말했다.

"외상 구매요?"

"새롭게 창업한 화장품 회사에 취업했다고 말하며 영업을 뛰었습니다. 그리고 기존 거래처에서 말씀하신 원재료를 가지고 왔습니다."

성과를 보이기 위해서 이른 아침부터 열심히 영업을 뛰고 다녔다.

이 당시만 해도 거래처와 현금 거래가 아닌 어음이나 외상 거래를 빈번하게 하는 시기였다.

거래처에서 처음부터 외상 거래를 곤란해하는 기색을 보였지만 공장 부지를 매입할 정도로 대단한 재력가라는 사실을 강조하며 밀어붙였다.

결국 한 곳의 약품상에서 포마드를 만드는 재료들을 받아 올 수 있었다.

"대단하네요."

차준후가 재료를 외상으로 받아 온 감홍식에게 감탄했다.

덕분에 시간을 절약할 수 있게 됐다.

"공장장님, 바로 포마드 크림을 만들죠."

"지금부터 시작이군요."

최우덕이 반겼다.

"저는 어떻게 할까요?"

"너는 밖에 있어야지. 영업 사원이 포마드 크림 제작을 알 필요는 없으니까. 기밀이라고 할 수 있는 제작 공법은 사장님과 공장장인 나만 알면 충분해."

"네."

감홍식이 인정하고 받아들였다.

"감홍식 사원이 공정에서 해야 할 일이 있습니다."

"제가 모두 해내겠습니다. 믿어 주십시오. 사장님."

"몸이 힘들 텐데요."

차준후가 우려를 표했다.

"저 아직 팔팔합니다. 할 수 있습니다."

"그러면 알아서 하시죠."

차준후의 뒤를 따라 최우덕이 제조실로 들어갔다.

닫힌 두꺼운 문에는 관계자 외 절대 출입 금지라는 붉은 글씨가 선명했다.

들어가자마자 반짝거리는 커다란 스텐 통과 제분기, 수분 건조기 등 제조 설비들이 보였다. 넓은 제조실의 절반 넘게 텅텅 비어 있었다.

"설비들은 돌려 봤나요?"

"네, 확인 결과 이상 없습니다."

답하는 최우덕의 표정이 무척 딱딱했다.

아주 중요한 기술을 전수받을 예정이었기에 긴장을 늦출 수 없었다.

그런 최우덕을 보면서 차준후가 웃었다.

"음! 이게 온도 조절기인가요?"

차준후가 물었다.

석유를 태워서 가열하는 온도 조절기는 미래에서 온 사람에게 낯설었다. 키보드에서 숫자만 바꿔 주면 되었던 장비와 달리 사람의 손길이 하나부터 열까지 필요한 장치였다.

"맞습니다."

"처음에는 다른 재료와 쉽게 섞일 수 있도록 밀랍을 녹여야 합니다. 이단 스텐 통 아래에 물을 주입하고 상단에는 밀랍 천 밀리리터를 넣고, 중약불로 중탕하며 시작합시다."

"알겠습니다."

최우덕이 계량해 뒀던 밀랍을 집어넣고, 수도꼭지를 틀어서 물을 집어넣었다. 그리고 능숙한 손놀림으로 기계를 조작했다.

우우웅! 우우우웅!

석유 보일러가 가동되면서 특유의 냄새와 함께 우렁찬 소리를 일으켰다.

스텐 통 아래에서 붉은 화염이 일렁거렸다.

두 사람이 온도계의 온도를 수시로 파악하면서, 통 안에서 녹아들어 가기 시작한 밀랍을 보았다.

"중탕하는 이유가 있나요?"

"화기가 높으면 포마드의 품질이 떨어지고, 차후에 머리카락 변색을 일으킬 가능성이 생길 수도 있어요."

차준후가 자세히 설명해 줬다.

부작용을 없애고 품질을 좋게 만들기 위해서는 중탕을 하면서 시간을 보내야 했다.

"국내 제작 식물성 포마드 크림의 문제가 열에 있었네요."

최우덕이 중탕을 해야 하는 이유를 뼈저리게 받아들였다.

아주 기초적인 부분부터 잘못됐으니 품질이 나쁠 수밖에 없었다.

"배합과 비율이 중요하고 온도도 중요하죠. 밀랍이 말랑말랑 부드럽게 녹는 것이 보이죠?"

"보입니다."

"중탕에 딱 맞는 지금 온도를 기억하세요. 여기서 온도가 높으면 밀랍이 탈 수도 있어요. 어려운 것도 아니고요."

"머릿속에 각인시켰습니다."

최우덕이 온도계에 기록된 온도를 잊어버리지 않기 위해 몇 번이고 반복해서 외웠다.

"밀랍은 꿀벌이 분비한 동물성 납이에요. 이 때문에 예로부터 화장품과 양초를 만들 때 사용되어 왔죠. 끈적끈적한 점착성이 있어서 머리카락에 매끈하고 윤기가 나게 하죠. 식물성 포마드 크림의 핵심 재료인 겁니다."

"그렇군요."

"밀랍이 식물성 포마드 크림에 들어간다는 제작법은 대부분 화장품 회사들이 알고 있어요. 제작 공법에서 차이가 있고, 그로 인해 품질에 천차만별의 차이가 발생하는 것이죠."

"맞습니다. 국내 화장품 공장들도 조악하기는 하지만 식물성 포마드 크림을 만들어 내고 있습니다. 품질이 떨어지고, 특히 냄새가 코를 움켜잡게 만들 정도로 고약합니다."

"식물성 재료들의 냄새 때문이에요. 냄새를 제거하려면 향료를 제대로 배합해야 해요. 잠시 후에 어떻게 하는지 보여 드릴게요."

열기에 의해 고체였던 밀랍이 액체로 변해 가고 있었다.

"하나도 빠지지 않고 잘 배우겠습니다."

최우덕이 열정을 드러냈다.

"여기서부터는 노동력이 필요합니다. 밀랍이 완전히 녹을 때까지 나무 주걱으로 계속 저어 줘야 합니다. 중탕으로 녹을 때까지 기다려도 되지만 저어 주면 보다 품질 좋은 포마드 크림이 나옵니다."

슥!

차준후가 최우덕에게 나무 주걱을 건넸다.

자동화 시설이 되어 있으면 기계가 알아서 척척 해 주는데, 아쉽게도 이곳에는 그런 시설이 되어 있지 않았다.

'화장품 사업은 자동화 장치가 없으면 노동 집약형 산업이야.'

공장장에게 기밀이나 다름없는 포마드 크림 제조법을 알려 준 이유에는 육체노동을 직접 하기 싫은 부분도 있었다.

왕에게 마치 검을 하사받는 장군처럼, 최우덕이 양손으로 나무 주걱을 기꺼이 받아 들었다.

"나무 주걱으로 해야 하는군요."

최우덕이 서서히 녹기 시작한 밀랍들을 보면서 열정적

으로 팔을 움직였다.

"조금 천천히 움직이세요. 너무 강하게 움직이면 품질이 떨어져요. 스텐이나 쇠로 주물 된 주걱을 사용하면 밀랍의 유용한 성분이 일부 파괴되기 때문이에요. 더덕을 먹을 때 나무젓가락을 이용하는 것과 같은 이치이죠."

"아! 그렇군요."

최우덕이 팔에서 힘을 뺐다.

더덕을 생각하니 입에 절로 침이 고였다.

"적당하네요."

차준후가 무척 더디게 녹아드는 밀랍 상태를 주의 깊게 살폈다.

감각이 확장되면서 고체에서 액체로 변화하는 모습을 꿰뚫어 보았다.

"지금입니다. 피마자유를 넣으세요."

"알겠습니다."

때에 맞춰 원재료를 추가로 섞는 등의 추가 지시를 내리며 최적의 상태가 될 수 있도록 흐름을 파악해 갔다.

그 과정에서 벌어지는 차준후의 지시를 최우덕이 착실하게 수행했다.

"허억! 헉!"

거친 숨소리가 들린다.

시간이 지날수록 최우덕의 얼굴이 점차 구겨졌다.

* * *

　회사의 기밀이나 다름없는 제조 비법을 배운다는 생각에 처음에는 신바람이 났지만 점차 시간이 지날수록 죽을 맛이었다.
　점점 힘들어지고 있었지만 신뢰를 준 사장님에게 실망을 줄 수 없어 이를 악물면서 작업에 열중했다.
　"밀랍이 물처럼 녹으면 피마자유 천 밀리미터를 넣고, 향을 첨가할 수 있는 향료인 에센셜 오일을 추가하면 됩니다. 여기에서 비율이 중요해요. 에센셜 오일이 전체의 4~5%를 유지해야 합니다. 이른바 황금 비율이지요."
　차준후가 미리 계량해 놓은 피마자유를 스텐 통 안에 부었다. 그리고 항균과 진정 작용이 있는 티트리 오일과 라벤더 등을 혼합하여 만든 향료를 안에 투입했다.
　"에센셜 오일이 무엇입니까?"
　최우덕이 알아듣지 못하는 단어에 대해서 물었다.
　말 중간에 툭툭 튀어나오는 단어 가운데 알아듣지 못하는 게 있어서 답답했다.
　"방향유인데, 정확하게 말하면 식물에서 추출한 휘발성이 있는 방향 화합물을 포함하고 있는 소수 농축액을 의미해요."

"……다시 한번 말씀해 주시면 감사하겠습니다."

더 못 알아듣겠다.

알기 위해 질문했는데 머릿속이 더 복잡해졌다.

"적어서 드릴게요."

연구원으로 보냈기에 전문적으로 말하는 습관이 있었는데, 평범한 사람은 알아듣기 힘들었다. 두 번 듣는다고 해서 머릿속에 콕콕 박히는 내용이 아니었다.

"감사합니다. 향 자체가 상당히 시원하고 독특하면서 뭔가 계속 맡고 싶게 하는 끌림이 강렬합니다."

전문적인 내용을 잘 이해하지는 못했지만 일을 하는 데는 지장이 하나도 없었다. 그냥 시키는 대로 몸을 움직이면 됐다.

"자꾸 맡고 싶은 좋은 향은 제품을 고급스럽게 만들어 줍니다."

차준후는 고급화 전략으로 화장품 이미지 구축을 확실하게 만들 작정이었다.

"작업이 정말 단순하네요."

육체적인 노동을 하며 땀을 뻘뻘 흘리고 있는 최우덕은 대단히 신기했다. 그저 중탕하여 녹이고 재료를 섞고 있을 뿐인데, 눈앞에서 식물성 포마드 크림이 만들어지고 있었다.

"원래 알면 단순한 겁니다. 완전히 녹을 때까지 저어

주세요. 모든 성분이 녹고 혼합물이 균질해졌다 싶으면 작업이 끝나는 겁니다. 왜 손놀림이 늦어지는 거죠?"

갑작스런 지적에 최우덕이 화들짝 놀랐다.

"주의하겠습니다."

최우덕이 다시 힘을 내서 나무 주걱을 움직이기 시작했다.

"좋은 품질 제품을 얻기 위해서는 일정한 속도가 중요합니다. 혼자는 어렵다고 감홍식 영업 사원을 함께 데리고 오자고 했잖습니까."

"끄응! 다음에는 함께하겠습니다."

계속된 작업으로 팔이 끊어질 것 같은 최우덕이 반성했다. 화장품 제조법의 기밀을 아는 사람은 적은 편이 좋다고 생각했기에 감홍식을 안으로 들이지 않았다.

돌이켜 보니 참으로 고생을 사서 한 꼴이었다.

고생은 고생대로 해 놓고 슬그머니 차준후의 눈치를 살폈다.

땀으로 목욕을 한 공장장의 모습이 볼만했다.

"힘들지요?"

차준후도 알았다.

그래서 직접 노동을 하지 않았고.

직원이 볼 때 뺀질거리는 걸로 보일 수도 있지만 그는 고용주였다.

"아니라고 말씀드리고 싶은데 힘드네요."
"자동화 시설을 설치할 기술자들을 알아보세요."
살길을 열어 줬다.
계속 단순노동을 시켰다가는 곧바로 퍼질 것처럼 보였다.
사실 힘든 일이었다.
그래서 직접 하지 않고 눈으로 보고 입으로만 지시를 내렸다.
"감사합니다."
뜨거운 열기를 접하면서 육체적인 노동을 벌이는 최우덕의 얼굴에 땀이 송골송골 맺혀 있었다. 이대로 계속하다가는 팔이 떨어져 나갈 것만 같았다.
"이번 작업이 마지막이니까 힘내세요."
차준후가 노란색 가루가 들어간 용기를 들어 스텐 통 안에 집어넣었다.
"비타민 E는 왜 넣는 겁니까?"
"포마드 크림을 환상적으로 만들어 줄 마법의 가루이지요. 의학적으로 밝혀진 사실은 아니지만 비타민 E는 모발의 성장을 촉진하고 모발 강화에도 도움이 된다는 이야기가 있어요. 머리카락에 매우 좋은 뭔가가 들어갔는데 광고하며 밝힐 수 없는 포마드 크림이라는 거죠."
"네?"
"그냥 머리카락에 좋다고요. 그리고 황금색이면 뭔가

있어 보이잖아요."

실제 미래에서 황금빛 포마드 크림은 똑같은 성능을 지닌 투명한 포마드 크림보다 판매량이 훨씬 높았다.

남자에게 매우 좋은데 말할 수 없다는 제품처럼 머리카락에 좋다는 비타민 E 함유 제품이라는 점을 은근히 부각시킬 작정이었다.

시중에 비타민 E는 탈모에 효과적이라는 말이 떠돌았다.

효과가 있는 건 확실하지 않지만……

일부 사람들이 그렇게 인식한다는 점이 중요했다.

탈모!

어느 시대 어느 지역에서나 항상 사람들의 관심이 증폭되는 문제이다. 탈모에 효과적인 제품이라면 묻지도 따지지도 않고 구매하는 열정적인 구매자들이 넘쳐 난다.

"헉! 정말입니까. 그 말이 사실이라면 저부터 당장 구매하겠습니다."

최우덕의 눈이 희번덕거렸다.

그러고 보니 그의 앞 머리카락이 군데군데 휑하니 비어 있었다.

소위 M자형 탈모였다.

"그럴 수도 있다는 말이지요. 특허도 신청할 계획입니다."

차준후가 고개를 끄덕거렸다.

스텐 통 안의 출렁거리는 혼합물들이 황금빛으로 번들

거렸다.

"다 됐네요. 혼합물을 따로 빼내세요."

"네."

하단의 밸브를 열자 통에서 혼합물 용액이 빠져나와 용기에 모였다.

차준후가 200밀리미터 플라스틱 용기에 혼합물 용액을 받았다. 혼합물 용액이 많지 않았기에 몇 번 손을 놀리지 않아 금방 끝마쳤다.

스윽! 슥!

최우덕이 스텐 통을 나무 주걱으로 긁어서 측면에 붙어 있는 혼합물 등을 용기로 밀어 넣었다.

금색의 혼합물이 플라스틱 용기 안에서 반짝거렸다.

마치 금처럼.

"이 상태에서 곧바로 사용할 수도 있지만 3시간 정도 식히면 품질이 상승합니다. 식히는 과정에서 머리카락을 일관되게 유지하는 성질이 강해집니다."

차준후가 지시했고, 최우덕이 성실하게 따랐다.

목랍을 넣고 올리브유를 첨가한 뒤 방금 전과 비슷한 과정을 반복했다. 가열 온도와 식히는 시간에 약간의 차이만 있었다.

"정말 단순한 과정입니다."

최우덕이 황금색 포마드 크림을 보면서 말했다.

그런 최우덕을 보며 차준후가 웃었다.

"식물성 포마드 크림을 만드는 과정은 단순해요. 다만 원재료의 섞는 비율과 만드는 제작 공정에서 온도와 순서가 중요하죠. 이 과정에 식물성 포마드 크림의 품질이 달려 있어요."

고개를 끄덕거리던 최우덕이 이내 궁금한 표정을 지었다.

"이 제품의 품질은 어느 정도입니까?"

"최고죠. 이걸 따라갈 제품은 없어요."

차준후가 자부심 가득 찬 표정을 지었다.

"국내에서요?"

"세계에서요."

"네?"

최우덕이 말도 안 된다고 생각했다.

차준후의 실력이 좋다는 건 알았지만 일본 화장품을 뛰어넘었다고 판단할 수는 없었다. 그만큼 일본 제품의 품질은 드높았다.

겨우 이걸로?

한 게 뭐가 있나?

너무 단순했다.

자부심이 높은 건 좋지만 너무 과하면 자만이다.

자만으로 몰락하는 천재들도 많다.

분명 실력이 좋고 능력 있는 사장님이지만 몰락하거나

망해서는 곤란했다.

반문 섞인 대응에 차준후가 피식 웃으며 포마드가 담긴 플라스틱 용기를 넘겼다.

믿지 못하면 신뢰하게 만들면 그만 아닌가.

"한번 써 보세요. 식었을 때 품질이 가장 좋지만 지금 사용해도 아주 나쁘지는 않아요."

최우덕이 차준후를 바라보았다가 건네받은 병을 쳐다보았다.

잠시 망설이던 그가 병에서 포마드 크림을 듬뿍 꺼내 머리에 발랐다. 그의 손길에 따라 머리카락이 가르마를 따라 양쪽으로 갈라졌다가 하늘로 솟구치기도 했다.

"은은하면서 깊숙하게 전해지는 향기가 정말 좋네요. 기존 국내 제품들보다 끈적거림이 확실하게 적고, 머리카락도 힘 있게 잘 뻗어요. 묽기가 로션에 가까운 일본 식물성 포마드 크림과 비슷해요."

그 말에 차준후가 고개를 끄덕거렸다.

공장장으로서 역량을 갖춘 자답게 짧은 순간 특성을 잘 파악하고 있었다.

국내 제작 포마드 크림은 대체적으로 걸쭉했다.

"비슷한 게 맞아요. 애초부터 인기 있는 일본 제품과 모든 부분에서 비슷하도록 만들었으니까요. 초반에는 비슷한 느낌에 선택하겠지만 우리 회사 제품이 좋다는 걸

금방 알아차릴 겁니다. 입소문이 자연스럽게 나고, 드높은 명성과 함께 동경심을 품은 소비자들의 지갑이 열릴 수밖에 없습니다."

차준후가 제작 의도를 간략하게 설명했다.

익숙한 일본 제품 포마드 느낌을 바닥에 깔고 보다 우월한 품질을 보여 준다.

시대를 앞서간 혁명적인 제품은 지금 시대에 어울리지 않았다.

반 발자국 앞서 나간 제품으로도 충분하다.

반 발자국 간격이 주는 차이는 크다.

"이게 바로 무의식적인 이끌림입니다."

21세기 마케팅!

바로 그게 가미된 상품 출시였다.

구매해 달라고 이리저리 난리법석을 떨지 않아도 소비자들이 살 수밖에 없는 제품을 내놓는다.

"소비자가 따라올 수밖에 없게 만드신 거군요."

얼마나 오만한가!

겸손하지 않고 콧대를 잔뜩 세우며 자부심을 맘껏 드러낸 차준후의 모습이 너무 어울렸다.

최우덕이 소름을 느꼈다.

강렬한 소름에 온몸에 닭살이 일어났다.

'대체 어디까지 바라보고 계시는 건가?'

시키는 대로만 열심히 하는 자신과 달리 사장님은 멀리까지 내다보고 있었다. 그렇기에 그저 품질 좋은 화장품을 만든 것이 아니라 잘 팔리는 걸 골라서 만든 거다.

"골든 이글, 황금 독수리 제품은 시리즈로 나갈 겁니다. 사람들이 익숙한 제품을 가장 먼저 런칭…… 출시합니다. 제품이 알려진 이후에는 몇 가지 원료를 추가로 투입하거나 빼면서 만들면 됩니다."

차준후가 향기와 품질이 조금씩 다른 식물성 포마드 크림을 다수 융단 폭격으로 시장에 출시할 작정이었다.

경청하고 있는 최우덕의 표정이 경건해졌다.

"너무 좋습니다. 최고입니다."

"당연한 말씀입니다."

"빨리 다른 제품들도 만들어 보고 싶습니다."

방금 전에 고생을 잔뜩 했는데, 다시 노동을 잔뜩 하고 싶었다.

"혼자 고생하지 말고 감흥식 영업 사원도 부르세요."

"아! 좋은 생각입니다."

최우덕이 빠르게 움직여서 걸쇠까지 걸어가며 닫아 뒀던 문을 열었다.

"홍식아!"

"공장장님, 다 만드셨어요?"

"들어와! 들어와! 할 일이 있다."

"네? 제가요? 알겠습니다."

감홍식이 제조실 안으로 들어섰다.

그런 그에게 최우덕이 나무 주걱을 다짜고짜 건넸다.

공장장이 주기에 자연스럽게 받아 들었는데 왠지 모르게 느낌이 싸했다.

"그저 주걱만 주기적으로 휘젓는 아주 단순한 일이야."

"열심히 할게요."

웃는 최우덕을 보면서 감홍식이 말했다.

"잘 가르쳐 보세요."

차준후가 한마디 툭 하고 던졌다.

"물론이지요. 사장님께 배운 대로 고스란히 기술을 알려 줄 겁니다."

나무 주걱 기술이라고 할 수 있나?

딱히 기술이 필요한 일이 아니었다.

그럼에도 공장장이 기술이라고 명명했으니, 그러니 해야겠지.

제조실에서 공장장의 힘은 막강한 법이다.

골든 이글

"너무 빠르잖아. 애인이라고 생각하고, 부드럽게 움직이려고 노력해."
 통에 바짝 붙은 감홍식이 열정적으로 나무 주걱을 휘젓다가 최우덕에게 한마디 들어야만 했다.
 "애인 없는 거 아시잖아요. 저에게는 아내뿐이라고요."
 "그럼 아내라고 생각해."
 "생각하니 손에서 힘이 빠지려고 하잖아요."
 "집중해. 조강지처 버리면 천벌 받는다."
 유부남들의 농담 섞인 대화였다.
 "잘 가르치고 있군."
 식물성 포마드 제작이 빠른 속도로 진행되는 과정을 차준후가 바라보았다.

'이 시절에는 사람을 갈아 가면서 일하던 때였으니까.'

월급만 주면 감사해하며 일하는 먹고살기 힘든 시절이다. 그리고 번갈아 가며 일하면 그렇게까지 힘든 일도 아니었다.

"빨리 자동화 시설을 만들어야겠네."

환하게 웃고 있는 최우덕이 열정적으로 감홍식을 관리 감독하고 있었다.

방금 전 차준후처럼.

그 모습이 마치 당했던 걸 고스란히 아랫사람에게 전달해 주는 것처럼 보였다.

새롭게 만들어진 황금빛 포마드 혼합물이 배출구에서 뿜어져 나올 때 화사하게 출근한 감홍식이 땀으로 흠뻑 젖고 말았다.

"이얍! 힘내자."

힘들고 고되지만 노동하는 게 즐거운 감홍식이 팔 근육을 꿈틀거려 가면서 나무 주걱을 휘저었다. 일할 수 있다는 게 좋았기에 손이 거침없이 움직였다.

오랜만에 제대로 일하니 피로가 쌓이는 게 아니라 육체가 깨어났다.

"다음 제작을 합시다."

나무 주걱을 강하게 움켜잡은 채 소리쳤다.

"아주 펄펄 나는구나. 좋다! 이번에는 다른 제품을 만들자."

최우덕이 소매를 걷어붙이고 달라붙었다.

새롭게 만들고 싶은 포마드 크림들이 잔뜩 떠올랐다.

"사장님, 포마드 상표명은 정했나요?"

"골든 이글, 한국명으로 황금 독수리입니다."

"영어 상표명이어서 그런지 고급스러운 느낌입니다."

"……."

영어 상표이기에 고급스럽다는 평가가 낯설지만은 않았다.

미래에도 그런 경향이 있었기에.

하지만 영어로 이름을 정한 큰 이유가 따로 있다.

"세계 최고 품질인데 국내용만으로 한정하기에는 아깝잖아요."

친숙한 국어를 사용하지 않은 데는 수출까지 염두에 두고 있기 때문이다.

"수출이라고요?"

"수출이 되면 정말 좋겠네요."

지금껏 화장품은 수입을 하면 했지 수출이 된 적은 단한 번도 없었다.

"화장품 첫 번째 수출의 금자탑은 우리 회사의 몫입니다."

차준후가 골든 이글을 살펴보았다.

생각했던 대로 품질이 꽤 괜찮게 나왔다.

수출 방법도 이미 고려해 둔 상태였다.

"그날이 기다려지네요."

"사장님만 따르겠습니다."

두 사람이 벌써부터 기대되는지 잔뜩 설렌 표정을 지었다.

"밥 먹고 합시다. 벌써 점심시간이네요. 여기 맛집이 어디인가요?"

차준후가 손목시계를 바라보았더니 정오가 가까워졌다.

"맛집이요?"

"맛있는 요리를 하는 음식점이요."

"사장님은 말을 참 재미있게 하시네요."

이상하다는 뜻을 돌려서 말했다.

"말을 줄여서 하는 버릇이 있어서 그래요."

미래의 버릇이 자신도 모르게 툭툭 튀어나오는 경향이 있었다. 대수롭지 않게 여겼던 일상생활 용어가 1960년대에는 이질적이었다.

'조심하자. 외래어와 국어 파괴를 일으키는 단어들을 삼가야 한다. 나는 이 시대에 살아가는 사람이다.'

차준후는 1960년대에 완벽하게 녹아들어야 한다고 스스로 자책했다.

"미자 국밥집의 돼지 국밥이 일품이지요. 갈치조림집도 괜찮습니다."

"미군 부대에서 나온 햄 등으로 만든 부대찌개도 맛있습니다, 사장님."

"배달되는 집이 있나요?"

차준후는 직접 가서 먹는 것보다 배달이 편했다.

"미자 국밥집이 배달됩니다."

역시 배달의 민족답다.

이 시대에도 배달이 가능하다니.

"전화로 주문하세요."

"미자 국밥집에 전화가 없어서 직접 가서 주문해야 합니다. 제가 후딱 갔다가 오겠습니다."

"국밥집이면 혹시 수육도 하나요?"

고기 육수를 주로 사용하는 국밥집에서 수육까지 같이 하는 게 진리이다.

잘 익은 수육을 생각하니 입에 침이 절로 고였다.

나름 열심히 일했으니 한 상 거하게 먹고 싶었다.

"미자 국밥집은 탄력 있고 쫄깃한 수육과 잡내 없는 돼지 국밥이 매력적이지요."

"주문하세요. 두 분도 국밥 드실 거죠?"

"집에 가서 먹으려고 했습니다."

"저도요."

공장장과 영업 사원은 점심 식비가 곤혹스러웠다.

가까운 집에서 간단하게 밥과 반찬으로 허기를 간단하

게 때우려고 했다. 한동안 제대로 일하지 못했기에 허리띠를 잔뜩 졸라매야 하는 처지였다.

"앞으로 쭉 점심 식비는 회사에서 낼 겁니다. 그러니 집에 가서 부인 귀찮게 하지 말고 회사에서 드세요."

차준후가 그들의 가려운 부분을 긁어줬다.

"네? 회사에서 점심을 주겠다고요?"

"정말입니까?"

두 사람이 눈을 동그랗게 뜨며 놀랐다.

새롭게 모시게 된 사장은 참으로 별났다.

점심 식비를 준다는 회사 이야기를 들어 본 적이 있기는 하지만 그건 엘리트나 명문 대학교를 나온 우수한 인재들만의 이야기였다.

연구원도 아니고 공장에서 기름밥을 먹거나 영업을 뛰는 사원들에게는 해당이 안 됐다.

그들이 졸지에 생각지도 못한 수준 높은 대우를 받게 되자 몸 둘 바를 몰랐다.

"혼자 밥 먹으면 재미없잖아요. 함께 먹어요."

물가가 저렴한 시기이다.

직원 두 명 밥값을 내준다고 해도 갑부인 사장에는 전혀 부담이 되지 않는다. 오히려 숨만 쉬어도 재산이 팍팍 늘어나고 있는 실정이었다.

"혹시 돈으로 받을 수도 있을까요?"

감홍식이 차준후의 눈치를 살피며 조심스럽게 물었다.

염치가 없기는 했지만 돈 한 푼이 아쉬웠다.

집에서 그가 돈 벌어 오기를 기다리고 있는 가족들만 해도 세 명이었다.

"그건 안 됩니다. 어디까지나 식사 제공이지, 현금 제공이 아니니까요."

차준후가 선을 분명하게 그었다.

"그렇군요."

감홍식의 어깨가 처졌다.

학비를 내지 못해 학교에서 선생님에게 한 소리 듣고 집으로 돌아왔던 아이들이 떠올랐다.

돈이 필요한 최우덕도 살짝 힘이 빠진 눈치였다.

오랫동안 제대로 일하지 못한 가장들에게는 돈 한 푼이 소중했다.

"왜 그래요? 돈이 필요하면 가불은 가능합니다."

차준후가 가능한 회사복지에 대해 알려 줬다.

"네? 하루밖에 일하지 않았는데 가불이 된다고요?"

감홍식이 눈을 휘둥그레 떴다.

전 회사에서는 월급날이 돼도 장사가 안돼 자금 사정이 어렵다면서 월급 지급을 미루기 일쑤였다. 제날짜에 월급을 제대로 받기 힘들었다.

감홍식과 최우덕이 서로를 바라보며 이런 사장님은 처

음이라며 감탄했다.

"물론 가능합니다. 직원이 돈이 필요하면 회사에서는 당연히 미리 지불할 수 있지요. 돈 때문에 전전긍긍하며 일에 집중하지 못하면 회사 입장에서는 손해니까요."

차준후가 미소를 머금으며 말했다.

어차피 줄 돈!

조삼모사이다.

그러면서 생색을 낼 수 있으니, 금상첨화다.

직원을 배려하면서 궁극적으로 회사를 위하는 길이다. 직원들이 걱정 없이 열심히 일해야 회사가 효율적으로 돌아간다.

"사장님, 신경 써 주셔서 감사합니다."

감홍식이 고개를 숙였다.

그의 눈가가 붉어졌다.

10대 중후반부터 일해 왔지만 이런 대우를 받아 본 적은 처음이었다.

"배고픈데, 점심부터 먹읍시다."

"제가 번개처럼 가서 주문하고 오겠습니다."

얼굴 가득 웃음을 머금은 감홍식이 밖으로 뛰쳐나갔다.

"배려에 감사드립니다."

최우덕이 허리를 깊숙하게 숙였다.

처음 당해 보는 낯선 대우를 가슴속에 은혜로 차곡차곡

쌓아 뒀다.

"무슨 감사할 게 그리 많아요."

차준후가 대수롭지 않게 여겼다.

대우해 줄 수 있기에 해 주는 것이다.

그 모습이 오히려 최우덕의 허리를 더욱 깊숙하게 숙이도록 만들었다.

"왜 이렇게 잘해 주시는 겁니까? 제가 받는 월급만큼 일을 못 할 수도 있는데요?"

"제가 직접 공장장님을 고용했습니다. 틀림없이 월급 이상의 능력을 발휘할 거라고 믿습니다."

차준후의 믿음은 철석같았다.

창업주 자서전에 나왔던 것처럼 성실하면서 일 재주가 좋았다. 그리고 직접 겪어 보니 사람 됨됨이가 그 이상이었다.

"……믿어 주셔서 감사합니다."

울컥했다.

"할 수 있습니다. 그리고 못 할 것 같으면 말씀하세요. 제가 강제로 이끌고 갈 테니까요."

차준후가 담담하게 말했다.

따라오기 버거워하면 억지로라도 끌고 갈 작정이다.

'직원이 어떻게 받아들였냐는 중요하지 않다. 사장인 내가 하고 싶을 뿐.'

차준후가 자신의 감정에 충실했다.

골든 이글 〈175〉

"사장님……."

감격에 젖어 있던 최우덕이 혼란스러운 표정을 지었다.

강제라는 단어가 좋지 않은데 왜 좋게만 느껴지는 걸까.

그동안 모셨던 사장들과는 뭔가 이질적으로 달랐다.

다만 확실하게 대우해 준다는 점은 분명했다.

차준후를 인간적으로 더 알고 싶었다.

"따르겠습니다."

눈앞의 차준후에게라면 목숨까지 바칠 수 있을 것 같았다.

"당연하죠. 저는 사장이고, 당신은 공장장이잖아요."

차준후가 최우덕의 감격에 젖어 말하는 걸 뻔히 알았지만 단순하게 압축시켰다.

자다가 이불 킥을 할 수도 있었기에.

확실히 낭만이 살아 있는 시대였다.

점심 사 준다는 말에 이렇게까지 격하게 반응을 해야 하나?

아부가 아닌 진심으로 내뱉은 사내의 말에 괜히 마음이 간질간질했다.

그런데 그 느낌이 묘하게 좋았다.

"좋네요."

차준후의 마음에 즐거움이 휘몰아쳤다.

사무적으로 일하던 각박한 21세기와 달리 인간적인 감정이 꾸덕꾸덕 묻어났다.

사람들 사이에 정이 넘쳤다.

역시 1960년대였다.

찢어지게 가난한 시대였지만 역설적으로 사람들의 감성은 더할 나위 없이 풍요로웠다.

그때였다.

"안녕하세요."

전영식이 스카이 포레스트에 모습을 드러냈다.

"우리 회사 수석 디자이너입니다. 회사 로고와 골든 이글 상표를 만든 능력 있는 사람입니다."

차준후가 전영식을 크게 반겼다.

"오늘부터 출근하게 된 전영식입니다."

"공장장 최우식이오."

"영업 사원 감홍식입니다. 앞으로 편하게 지냅시다."

직원들이 서로 인사를 나눴다.

"여기에 있는 사람이 전부인가요?"

전영식이 물으면서도 놀라는 눈치였다.

1만 환이라는 엄청난 거금을 지급하는 걸로 봐서 큰 회사라고 생각했다. 그런데 막상 와서 보니 공장 건물은 크거나 작지도 않은데 직원 수가 너무나도 적었다.

"회사가 시작한 지 얼마 안 돼요. 이제 시작인 거죠."

차준후가 우격다짐으로 회사를 만들다 보니 말단 직원들 없는 이상한 조직이 되고 말았다.

말 그대로 번갯불에 콩 볶듯이 회사를 창업했다.

'잘못 왔나? 이상한 회사로 왔으면 큰일인데······.'

전영식의 눈동자가 요란하게 흔들렸다.

"조만간 직원을 채용할 거니 걱정 마세요."

"······네."

"공장 정문에 걸 회사 간판을 부탁해요."

"그러죠."

전영식이 고개를 끄덕였다.

명동 극장사에서 매일 하던 일이었기에 특별한 일이 아니었다.

"기획해 놓은 간판 기획입니다."

차준후가 미리 그려 놓은 종이를 내밀었다.

영어 필기체로 스카이 포레스트라고 살짝 곡선을 줘서 적혀 있었고, 오른쪽 윗부분에 회사 로고가 박혀 있었다.

"살짝 변경해도 되나요?"

"그럼요. 마음껏 보기 좋게 만들어 보세요. 기대하고 있을게요."

"네."

* * *

"받으세요. 저번에 못 드렸던 금액이에요."

차준후가 7천 환의 금액이 담긴 봉투를 내밀었다.
"고맙습니다."
전영식이 두 손으로 봉투를 받았다.
황량하다고 말할 수 있는 회사에 실망을 조금 했지만 거금이 담긴 돈 봉투에 사라지려고 하던 신뢰감이 크게 부풀어 올랐다.
'이거면 우리 집도 이제 잘살 수 있어. 무허가 판잣집에서 반듯한 집으로 이사를 가고, 동생들도 공부하고, 부모님도 아픈 몸을 이끌고 억지로 일하지 않으셔도 돼.'
거액이 담긴 봉투를 쥔 전영식의 손이 마구 떨렸다.
온 가족이 3천 환을 보고서 펑펑 울었다.
그런데 3천 환보다 두 배 많은 7천 환이 수중에 들어왔다.
"간판에 필요한 재료를 사러 나갔다가 올게요."
"허락받을 필요 없어요. 마음껏 돌아다니며 하고픈 대로 하면 돼요."
차준후가 전영식에게 자유를 허락했다.
수직 디자이너 직원으로 채용했지만 예술가로 대우하고 있었다.
자유로운 영혼인 상태에서 예술가들의 창작욕이 불타오르는 법이다.
돈을 준다고 해서 억압하고 싶지 않았다.

예술가를 후원한다고 할까?

"감사합니다. 다녀올게요."

"이제 점심시간인데, 국밥과 수육 먹고 가세요."

"먹고 왔어요."

전영식이 눈시울을 붉힌 상태로 건물을 벗어났다.

점심을 먹지 않았는데, 더 있었다가는 볼썽사납게 눈물을 뚝뚝 흘릴 것 같아 서둘러 떠나갔다.

"학교라도 보내야 하나? 저번에 보니 학업에 대한 갈증이 있던데……. 아니면 대학교수를 일대일로 붙여서 수업을 받게 할까?"

차준후가 전영식에게 약속했던 이야기를 곧바로 실행시킬 셈이었다.

엄청난 잠재력을 지닌 전영식이 피어날 수 있는 방안에 대해서 고민했다.

왜?

너무 기대가 됐기 때문이다.

"어디까지 성장할 수 있을까?"

전영식이 만들어 낼 작품들이 너무나도 보고 싶었다.

"사장님이 잘 보셨을 거라고 생각하는데……."

감홍식이 차준후의 안목을 믿으면서도 의아해했다.

앳된 청년이 수석이라는 지위를 갖는다고?

솔직히 이해가 가지 않았다.

"저분 실력이 좋나요?"

말하면서도 조심스러워하는 눈치였다.

혹시라도 차준후의 심기를 불편하게 만든 건 아닐까.

그럼에도 말을 꺼낸 건 차준후와 회사에 대한 애정이 깊었기 때문이다.

"그렇게 꽉 막힌 사람 아니니까, 말 편하게 하세요. 아래에서부터 들려오는 소리에 경청할 자세가 되어 있는 사장입니다."

"너무 어리고, 아직 배워야 할 것처럼 보입니다."

"어리기는 한데 최고의 인재이죠. 만들어진 간판을 보면 이해가 갈 겁니다. 우리 회사는 실력 우선 주의입니다. 실력이 있으면 충분한 대우를 받을 수 있어요."

차준후는 인재들이 흡족할 수 있을 만큼 파격적인 대우를 해 줄 작정이다.

세계에서 알아주는 대한민국 초일류 대기업 회장님이 말했잖은가.

한 명의 천재가 10만 명을 먹여 살린다!

기업 성장의 밑거름은 바로 우수한 인재를 확보하는 것이었다.

"더 많이 듣고 더 많이 배우세요. 그러면 대우받을 수 있어요. 가만히만 있으면 그저 정체될 뿐입니다."

차준후가 말했다.

성장하면 보다 우대해 주지만 취업되었다는 사실에 만족하고 안주하실 원한다면 회사는 그에 맞는 대우만 해 줄 거다.

직접 창업을 해 보니 알겠다.

윗사람인 사장으로서 직원들을 모집하고, 키우고, 평가하는 일이 쉽지 않았다.

"열심히 공부하겠습니다."

"배움을 게을리하지 않겠습니다."

두 사람이 허투루 시간을 보내지 않고 열정을 불태우겠다고 다짐했다.

"배움에 필요한 비용이 있으면 주저하지 말고 이야기하세요. 회사에서 비용을 지불할 테니까요. 최우덕 공장장님은 새로운 공법들을 개발하기 위해 공부하거나 시설 장비들에 대해 알아보시면 좋겠고, 감홍식 영업 사원은 운전면허라도 따세요. 때가 되면 영업을 위한 승용차와 트럭을 구매할 겁니다."

차준후가 두 사람이 나아갈 방향을 알려 줬다.

단기적으로 코앞만 바라보는 두 사람이 미래에 더욱 풍족해질 수 있는 길에 도전할 수 있도록 만들었다.

"감사합니다. 책을 읽어 보고, 업계 전반을 두루 살펴보겠습니다, 사장님."

"오늘 바로 운전면허 배울 수 있는 곳을 수소문해 볼게요. 비용까지 지불해 주시고 정말로 감사합니다."

감흥식이 허리를 꽉 숙였다.

운전면허증을 가지고 있는 거 자체로 일등 신랑감이 되고, 아무 공장이나 골라서 갈 수 있는 시기이다.

운전을 할 수 있다!

그동안 운전면허를 따고 싶었지만 들어가는 비용 때문에 감히 꿈도 꾸지 못했다.

'이런 회사가 어디에 있어? 난 우리 스카이 포레스트 회사에 뼈를 묻는다.'

감흥식이 눈시울을 붉혔다.

사실 그도 안다.

'더 많은 월급을 주고 운전사를 모집하면 그만이다. 그런데 영업 사원에 불과한 나를 키워 주기 위해서 비용까지 내주시는 거야.'

황송하고 고마웠다.

눈물이 날 것만 같았기에 눈에 팍팍 힘을 줬다.

옆을 슬쩍 살펴보니 최우덕 공장장도 눈가가 씰룩거렸다.

'공장장님? 우시게요?'

'야! 너도? 눈물이 날 것 같으냐?'

두 사람이 차준후에게 감복했다.

'하아! 이 사람들아! 직원의 성장에 회사가 비용을 대는 건 이상한 일이 아니야. 직원이 쑥쑥 성장해야 회사의 발전이 있으니까. 당신들이 예뻐서 돈을 주는 게 아니야.'

직원의 배려 차원이라고 볼 수도 있겠지만 본질적으로 기업의 발전과 생존을 위해 필요한 인재 육성이었다. 인재들이 없으면 사장이 앞에서 솔선수범을 한다고 해도 회사의 역량이 부족해 결국 경쟁력을 잃게 된다.

점심시간이 막 지났다.

부르릉! 부르르릉!

사각형의 시발 승용차가 요란한 엔진 소리를 내면서 회사 안으로 진입했다. 승용차 옆과 뒤 차체에 인쇄 업계 최고 공영소라는 문구가 붙어 있었다.

미군이 버린 차량들에서 그나마 상태가 괜찮은 엔진을 꺼내 만든 시발 승용차였다. 태생부터 엔진에 문제가 있었기에 엔진 소리가 무척 요란한 편이었다.

"안녕하세요, 사장님. 공영소에서 의뢰하신 인쇄물을 가지고 왔습니다."

차량에서 내린 까무잡잡한 사내가 건물 안으로 들어서면서 차준후에게 인사했다.

"여기로 가져오세요."

국밥으로 점심 먹고 의자에 앉아 잠시 여유를 챙기고 있던 차준후가 말했다.

맛있는 국밥으로 점심을 해결한 직원 두 명은 자신들끼리 골든 이글 포마드 크림을 만들겠다고 제조실에 틀어박혔다.

"네."

사내가 품에 들고 있던 상자를 책상 위에 올려놓았다.

"잘 나왔네요."

차준후가 상자에 들어 있는 화장품 인쇄물을 살피면서 만족스러워했다.

코팅되어서 반짝거리는 황금빛 머리카락을 흩날리고 있는 독수리가 금방이라도 하늘로 날아오를 것처럼 보였다.

한쪽에는 작은 크기로 회사 로고가 빛나고 있었다.

"명함도 깔끔하게 나왔네요."

"밤늦게까지 신경 써서 제작했습니다."

"고생하셨습니다."

차준후가 사내가 말한 인쇄비를 지갑에서 꺼내어 제공했다.

"뭐라도 대접을 해야 하는데, 비치된 음료들이 없어서 미안하네요."

손님에게 아무것도 제공하지 못해 난감했다.

번갯불에 콩 볶아 먹는 것처럼 빠르게 공장을 인수하고, 일을 진행하다 보니 부족한 게 태반이었다.

"아이고! 아닙니다. 인쇄비만 해도 두 배로 지불하셨잖습니까. 덕분에 며칠 뒤 주말에 사장님께서 고기를 구워 가며 회식을 거하게 하자고 하셨습니다. 음료는 먹은 셈 치겠습니다."

"그렇게 생각하시면 고맙고요."

"이만 가 보겠습니다. 다른 곳에도 배달을 가야 해서요."

"수고하세요."

인쇄물 배달이 밀려 있었기에 사내가 잰걸음으로 건물 밖으로 나갔다.

부르르르릉!

요란한 소리와 함께 시발 승용차가 공장을 빠져나갔다.

"경리, 포장 직원, 생산 직원, 배송 직원, 경비 등 직원들을 모집해야겠구나."

차준후가 공장에 더욱 많은 사람이 필요하다는 걸 깨달았다.

연구소에서 펜대를 굴리면서 일했었기에 부족한 점투성이였다. 다른 점들도 미욱했지만 특히 회사를 운영하는 부분에서 미숙했다.

방금 전에 공장에 자신이 없었으면 인쇄물을 전달받지 못했다.

문제점을 추가로 깨달았다.

"냉장고를 비롯해서 사야 할 생활용품과 사무 용품들

도 많아. 새 물건들로 싹 사들이자."

중고로 들어와 있는 책상과 의자 등 사무 용품들을 모조리 새 걸로 바꿀 작정이었다.

돈이 없는 것도 아닌데, 중고를 이용할 이유가 없다.

"그래도 중고 업자가 선물로 준 건데 버리기는 좋지 않으니, 가지고 가라고 해야겠다."

차준후가 전화기를 들었다.

전화 교환원에게 창희 만물 중개업소를 연결해 달라고 하자 신호음이 울렸다.

- 모든 걸 팔고 사는 창희 만물 중개업소입니다.

"스카이 포레스트입니다. 화장품 시설 대금 언제 받으러 오시나요?"

- 방금 점심 식사를 마쳤습니다. 10분 내로 방문하겠습니다.

"네, 나중에 책상과 의자도 가지고 가세요."

- 사장님, 혹시 제가 실수를 했나요?

"아닙니다. 선물해 주신 의도는 감사합니다만 중고가 아닌 새 물건들로 건물 안을 채우려고요."

- 그러셨군요. 천만다행입니다.

전화기 너머로 안도의 한숨 소리가 들려왔다.

- 사장님, 물건들을 어디서 구매하시려고 하나요?

"이제부터 알아봐야겠지요."

- 실례가 아니라면 저에게 기회를 주실 수 있겠습니까?
"기회요? 중고가 아닌 새 물건을 구매한다니까요."
- 창희 만물 중개업소입니다. 중고를 주로 거래하지만 새 상품들도 다루고 있습니다. 미군 부대에서 뒤로 나오는 물건들까지 취급합니다.

기회를 붙잡으려는 박창희의 음성이 아주 간절했다.

처음 만남에서 별로라고 느꼈기에 차준후가 잠시 고민했다.

- 처음에 실수를 범했지만 한 번 기회를 주십시오. 부탁드리겠습니다.

"오세요. 기회인지는 모르겠고 와서 이야기합시다."

차준후가 미군 부대까지 뚫어 가면서 어떻게든 장사를 하고 있는 박창희의 열정을 높이 평가했다.

- 감사합니다. 실망시켜 드리지 않겠습니다. 정말 감사합니다.

박창희의 기뻐하는 감정이 전화기를 통해서 느껴질 정도였다.

부르릉! 부르릉!

공장 공터에 두돈반 트럭이 멈췄다.

운전석에서 내린 멜빵바지를 입은 박창희가 빠른 걸음으로 건물 안으로 들어섰다.

"안녕하십니까. 창희 만물 중개업소 박창희입니다."
머리부터 깊숙하게 박았다.
"이리로 오세요. 먼저 시설 장비 대금부터 받으세요."
"감사합니다."
9천 환을 받은 박창희가 재차 고개를 깊이 숙였다.
"제가 회사를 창업했는데, 너무 급박하게 한 탓에 부족한 것들이 많네요."
휑했다.
선물받은 중고 물품들과 전화기를 빼면 아예 물건이 없다.
"여기를 채워 주시면 됩니다."
"네?"
"통째로 회사 물건들을 매입한 경험이 많지요?"
"기회가 닿으면 망하는 회사들 물건들을 한꺼번에 매입하고는 합니다."
"회사에 뭐가 필요한지 잘 아시겠네요. 그래서 부탁하는 겁니다."
차준후가 일일이 필요한 물품을 이야기하는 것보다 전문가의 도움을 받는 편이 좋았다.
신경 쓰지 않아도 돈만 지불하면 알아서 척척 새 상품들을 공장으로 들여오리라!
"냉장고와 텔레비전은 있어야 합니다."

두 가지 품목은 필수였다.

미지근한 게 아닌 시원한 물을 마시고 싶었고, 대한민국을 비롯한 세계가 어떻게 돌아가는지 알아야 했다.

"예산은 어느 정도로 잡으면 되나요?"

"가격에 신경 쓰지 말고 최고 좋은 품질의 물건들을 가지고 오세요."

일하는 공간에 좋은 물건들로 채우고 싶었다.

"마음이 흡족할 최상의 물건을 구입해서 가지고 오겠습니다."

박창희의 얼굴이 붉게 달아올랐다.

칠천리

 감동했다.
 가격 따위 상관하지 않고 최고의 물건을 사겠다!
 평소 그가 꿈꾸는 엄청난 재력을 뽐내는 상남자의 모습이 아닌가.
 "의뢰비와 선금을 드려야 하나요?"
 "아닙니다. 물건을 보시고 마음이 흡족하면 주십시오."
 "흠! 제가 마음에 들어 하지 않으면요?"
 차준후가 물었다.
 "……."
 호언장담했던 박창희의 눈동자가 요란하게 흔들렸다. 최고의 물건을 구입하기로 작정한 만큼 구매자가 마음을 바꾸면 손해가 엄청났다.

화장품 제조 설비에서도 곤란을 격지 않았던가!

"훗! 당신에게 손해를 끼칠 마음은 없어요. 마음에 들지 않아도 구입할 테니, 편하게 준비하세요."

"감사할 뿐입니다."

속으로 안도의 한숨을 크게 내쉰 박창희가 고개를 땅에 닿을 만큼 숙였다.

"기대하고 있을게요. 가 보세요."

어떤 물건들을 가지고 올지 궁금했다.

"다음에 뵙겠습니다."

정중하게 인사를 한 박창희가 두돈반 트럭을 몰고 떠나갔다.

* * *

"경리, 포장 직원, 생산 직원, 배송 직원, 영업 사원, 경비 등 직원들을 30명 모집하려고 합니다. 성실하면서 성품 좋은 사람들 있으면 데리고 오세요."

오대양의 최초 직원 고용수가 30명이었다.

"가족들도 됩니까?"

"면접과 시험을 통과하면 가능하죠."

차준후가 직원 가족이라고 해서 채용에 예외로 둘 생각이 없었다.

"어떤 시험을 치르는 건가요?"

"그건 당일이 되면 알 수 있을 겁니다."

"월급은요?"

"여상을 졸업했거나 경력이 필요한 경리는 8백 환이고, 다른 직원들은 7백 환입니다."

최우덕이 천 환을 월급으로 받기로 계약했고, 감홍식이 팔백 환이었다. 두 사람의 경력을 인정받았기에 가능한 월급이었다.

다른 회사들에 비해 백 환에서 2백 환 정도 월급이 많았다. 점심 식비까지 회사에서 지불하고 있었기에 체감하는 월급이 더욱 높게 느껴졌다.

"혹시 제한 조건이 있습니까?"

최우덕이 물었다.

집에서 주부로 머물고 있는 부인을 어떻게든 회사 직원으로 채용되게 만들고 싶었다.

그만큼 좋은 조건을 회사가 제시하고 있었다.

'앞으로 창공 높이 비상할 회사이다. 마누라와 함께 회사에서 일한다면 아이들이 더 이상 돈 때문에 아파하지 않을 거야.'

'처조카와 부인에게 말하자.'

최우덕과 감홍식이 친인척들에게 회사의 직원 채용 소식을 전할 작정이었다.

"17세 이하는 채용 금지입니다."

차준후가 유일한 조건을 이야기했다.

"네?"

"17세면 충분히 일할 수 있는 나이입니다."

공장에서 일하는 어린 남녀를 쉽게 볼 수 있는 시기였다. 중학교나 고등학교를 다니지 않고 일찍부터 사회에 뛰어든 것이다.

"그럴 수 있겠지요. 그런데 제게는 너무 어리게 보이더라고요."

차준후는 원래 19세 이하 채용 금지를 생각했다.

그러나 시대의 아픔을 잘 알기에 타협해서 17세로 나이를 낮췄다.

"아쉬워하는 아이들이 많겠군요."

"회사에 취직시켜 달라고 청소년들이 저에게 요청하고는 했는데, 조금 더 나이를 먹어야 하겠네요."

"3일 뒤 10시, 공장 공터에서 채용 시험이 있습니다."

* * *

아침부터 날씨가 맑았다.

바람이 선선하게 불어오고 있었다.

자전거 타기 딱 좋은 날씨였다.

[칠천리 자전거]

　간판에 큼지막한 글씨로 상호명이 적혀 있었다.
　차준후가 공장을 빠져나와 언덕길을 내려가서 대로변에 위치한 자전거 상점을 찾았다. 상점 앞에는 여러 대의 자전거들이 줄지어 서 있었다. 반짝거리는 새 자전거들도 보였고, 수리해 놓은 중고 자전거들도 보였다.
　"안녕하세요."
　차준후가 문을 열어 놓고 자전거를 고치고 있는 사내를 보면서 인사했다.
　해체되어 있는 자전거 헤드라이트와 발전기, 그리고 자전거 부품들을 비롯하여 도처에 여러 가지 공구와 물건들이 널브러져 있었다.
　특히 브레이크 오일통, 크랭프 샤프트, 피스톤링, 와이퍼 모터, 배기 밸브, 크러치 디스크 등의 자동차 부품들이 보였는데 마치 자전거 상점이라기보다 마치 자동차 수리 공장처럼 보였다.
　"어서 오십시오. 자전거 보러 오셨습니까?"
　사내가 사람 좋게 웃으며 차준후를 반겼다.
　차준후가 상점 내부를 신기하다는 눈초리로 바라보았다.
　"네, 잘나가는 자전거가 어떤 것들인가요?"

찾아온 용건을 꺼냈다.

자전거를 몇 대 구매할 작정이었다.

이리저리 뛰어다니는 직원들을 볼 때면 안타까움이 컸다. 도보가 아닌 자전거를 이용하면 시간도 절약되고 편리했다.

"사용 용도가 무엇이냐에 따라 다릅니다. 짐용으로 사용하면 쌀집 자전거처럼 뒤에 짐을 잔뜩 실을 수 있는 자전거가 잘나갑니다. 이동용이면 자전거 바퀴가 얇아서 빨리 갈 수 있는 자전거도 있습니다. 다만 이동용 빠른 자전거는 빵꾸가 자주 납니다."

쌀가마를 실을 수 있게 뒷좌석을 넓게 만들어 놓은 짐용 자전거!

사람만 간단하게 탈 수 있는 이동용 자전거!

용도가 다른 자전거 모두 필요해 보였다.

"짐용 자전거와 이동용 자전거 각각 열 대씩 주문할게요."

차준후가 도합 20대를 주문했다.

이제 회사 직원들을 모집해야 했기에 자전거가 필요할 경우가 많았기에 나름 넉넉하게 주문했다.

"20대요?"

신판정이 되물었다.

"직원들이 사용할 자전거입니다."

"혹시 화장품 공장을 새로 인수하셨다는 사장님이신가요?"

돈 많은 젊은이가 망한 공장을 사들였다는 소문이 파다했다.

이야기를 들어 보니 눈앞의 차준후가 바로 그 소문의 주인공 같았다.

아니, 확신했다.

이 근처에서 한꺼번에 자전거를 20대나 구입할 정도로 돈 많은 사람은 없었으니까.

"맞습니다."

"중고가 아닌 새 자전거 주문이시지요?"

"물론이지요."

가볍게 끄덕거리는 차우진의 고갯짓에 돈 많은 분위기가 물씬 풍겼다.

하루에 자전거 하나를 팔지 말지 모르는 상점에 재신이 찾아왔다.

"새 자전거는 20대가 되지 않습니다."

"있는 것만 먼저 공장으로 보내 주시면 됩니다."

"감사합니다. 다른 자전거들은 만들어지는 대로 보내 드리겠습니다."

"기술이 좋아 보이십니다."

차우진이 잔뜩 널브러져 있는 주변을 둘러보면서 말했다.

탁자 위에 낱낱이 분해되어 있는 발전기와 모터 등의 부품들을 볼 때 수리 기술이 뛰어나 보였다. 단순히 자전거만 만드는 기술자가 아니라는 방증이었다.

"지금은 자전거를 만들고 수리하며 보내고 있지만 경성 정공업에서 제대로 배운 기술자입니다."

신판정이 자신 있게 대답했다.

대전에서 출생한 신판정은 어렸을 때 부친을 잃고 15살에 자동차, 자전거를 생산하는 경성 정공업에 들어가 견습공으로 일했다. 그곳에서 기계 산업의 기술을 습득하였다.

1950년대 풍운의 꿈을 안고서 칠천리 자전거 상점을 직접 열고 자전거를 직접 만들기 시작했다.

20대 초반의 나이에 고향 가족들과 헤어져 서울에 도착해, 그동안 모은 돈으로 낡고 오래된 자전거들을 매입하여 자전거 상점을 열었다.

기술이 좋고, 창의력도 매우 뛰어나서 하나를 보면 열을 알 정도로 관찰하고 원리를 생각해 냈다.

이 당시에는 자전거를 수리하는 기술을 매우 뒤떨어져서 바퀴를 수리할 때 바퀴의 고무를 녹여서 구멍을 때웠다.

이런 방법은 시간과 힘이 많이 들었다.

더 빨리, 그리고 더 쉽게 구멍을 때우고 위해 못 쓰는 고무 튜브를 잘라 내어 사용하기 시작했다.

본드를 잔뜩 바른 잘라 낸 고무 튜브 조각을 붙이자 시간과 힘이 절약할 수 있었다.

신판정은 부지런했고, 머리를 쓸 줄 알았으며 절약 정신이 투철하여 오래되지 않아 작은 집을 마련하고, 가게도 더 큰 곳으로 이전했다.

아침부터 늦은 밤까지 일했고, 돈을 벌면 조금도 낭비하지 않고 전부 가게에 투자하였다.

그는 서울 상경 후 얼마 지나지 않아 부유한 상인이 됐다.

처음 시작할 때의 그 작은 상점은 이미 인근에서는 모르는 이가 없는 유명한 상점이 되어 있었다.

"칠천리?"

차준후의 뇌리에 칠천리라는 단어가 왠지 익숙했다.

'칠천리……. 칠천리 그룹인가?'

품질 좋은 자전거를 대한민국 방방곡곡에서 내달리게 하겠다던 창업 포부를 실천했던 그룹.

"우리 점포를 알고 있는 분이신가 보구려."

신판정이 씁쓸하게 중얼거렸다.

"잘 알지요."

칠천리 자전거를 타고 학창 시절을 보냈었기에 무척 친숙했다.

"잘나가던 때도 한때였지요. 북괴 놈들 때문에 쫄딱 망해 버렸지요."

불행하게도 큰 재난이 닥쳤다.

6.25 전쟁이 발발하여 북한군이 서울을 점령하고 재물을 모두 약탈했다. 신판정의 상점도 약탈을 당했고, 그는 후퇴하는 북한군에게 끌려가 1년이 넘게 돌아오지 못했다.

구사일생으로 도망쳐서 서울로 돌아오니 집과 재산이 모두 없어져 남은 것이 없었고, 부르주아로 낙인찍힌 고향의 부모님과 형이 이미 죽은 후였다.

정신이 강철 같은 신판정이었지만 엄청난 불행 앞에서 무너지고 말았다. 천지가 무너진 것 같았지만 결국 일어날 수밖에 없었다.

형이 남긴 가족을 지켜야 한다는 책임감이 그를 다시 일어나게 했다.

상점을 크게 키웠던 그였지만 어쩔 수 없이 다시 옛날처럼 용산의 작은 상점을 내고 일을 해야만 했다.

"어이쿠! 손님을 앞에 두고 잠시 옛 생각에 빠져들었군요."

"사장님, 궁금해서 그런데 상호가 왜 칠천리인가요?"

애국가 가사 후렴구에 무궁화 삼천리라고 나온다.

그런데 갑자기 뜬금없이 칠천리?

"아! 대한민국의 고토인 만주까지 포함해서 칠천리 정도가 되지 않을까 싶어서 지은 상호입니다. 정확하지는 않습니다."

신판정이 멋쩍은 표정을 지으며 말했다.

상호를 지을 때 대충 칠천리 정도 되지 않을까 어림짐작해서 만들었다.

"대단한 포부의 상호명입니다."

차준후가 고개를 끄덕거렸다.

'역시 내가 알고 있는 칠천리다.'

창업주가 직접 잡지 인터뷰에서 밝힌 상호명 이유와 동일했다.

"그냥 치기 어린 젊은 시절 지은 상호이지요."

"멋진 상호입니다."

자전거를 구매하러 왔다가 뜬금없이 뛰어난 기술을 지닌 칠천리 창업주를 만나게 됐다. 이런 만남을 허투루 낭비할 수는 없다.

"부탁드리고 싶은 일이 있습니다."

"무슨 부탁이요?"

"제조실에 자동 설비 구축을 하려고 합니다."

자동 설비라는 말에 신판정이 관심을 잔뜩 드러냈다.

"어떤 설비인가요?"

"가장 우선적으로 자동 믹서 제조 설비가 필요합니다."

"크게 어려운 건 아니군요. 모터를 구동하여 연결하면 됩니다."

음!

뛰어난 기술자에게는 어렵지 않은 거구나.

탁자에서 펜대를 굴리던 차준후가 감히 직접 만들 생각을 하지 못하고 있는 거다.

사람마다 잘하는 분야가 있는 거니까.

대수롭지 않게 여기면 놀라게 해 줘야지.

차준후가 신판정이 알 수 없는 설비를 입에 올렸다.

"에어 스푼이라고 해외인 독일에서 수입해 올 미세 제분기가 있습니다. 로켓 엔진에 들어가는 비행 회전풍의 원리를 사용한 기계입니다."

"비행 회전풍이라면 미세 분말을 만들려고 하는 기계이군요."

신판정이 들어 본 적 없는 기계 명칭이었지만 원리를 이해하고 있었기에 무슨 용도인지 단번에 알아차렸다.

* * *

"에어 스푼의 성능을 향상시켜 주셨으면 합니다."

"네? 그건 힘들겠네요. 뜯어보면 가능할 수도 있겠지만요."

원리를 알고 있는 것과 그걸 향상시키는 건 다른 문제였다.

강렬하게 뜯어보고 싶다는 눈치가 보였다.

그렇지만 복잡한 에어 스푼을 호기심에 그냥 뜯어보게 만들 수는 없는 노릇이었다.

"비행 회전풍을 강하게 만들 수 있는 법을 알고 있습니다. 하시겠다고 하면 알려 드리겠습니다."

에어 스푼의 성능을 20% 정도 상승시키는 기술을 알고 있었다.

현재 에어 스푼 제작사들도 모르는 미래의 기술이다.

기술의 작동 원리를 알려 주면 능력 있는 기술자가 기계를 뚝딱뚝딱 만들지 않을까.

"하겠습니다."

기술의 존재 유무를 의심할 만도 한데 신판정이 단번에 승낙했다.

매력적이면서 환상적인 기술을 배울 수 있다니, 오히려 무릎 꿇고서라도 청하고 싶을 정도이다.

"그 건은 에어 스푼을 수입한 뒤에 이야기하지요. 수분 건조기, 건조 분말기, 밸브, 컨베이어 등 다른 제조 시설들도 자동화할 수 있으면 손봐 주시면 됩니다."

차준후가 최대한 자동화 시설을 꾸미려고 했다.

"앞의 두 가지는 고민해 봐야겠지만 밸브와 컨베이어

는 크게 어렵지는 않겠습니다. 경성 정공업에서는 진작부터 자동화 시설들을 가동하고 있으니까요."

경성 정공업에서 배운 신판정이었기에 자동화 시설이 크게 낯설지 않았다.

"제가 오늘 기술자 귀인을 만났습니다."

"귀인이라니요? 거꾸로 제가 귀인을 만나 돈도 벌고 신기술도 배울 수 있는 거겠죠. 사장님, 우선 자전거를 끌고 가서 제조 설비부터 볼까요?"

신판정과 차준후가 자전거를 타고서 공장으로 출발했다.

페달을 팍팍 밟을 때마다 시원한 바람이 온몸에 부딪혀 왔다. 기분 좋은 시원함을 느끼면서 두 대의 반짝반짝 빛나는 자전거가 공장 안으로 들어갔다.

"판정 사장님! 공장에는 무슨 일이세요?"

때마침 공터에 있던 감홍식이 신판정을 보고서 물었다.

좁다면 좁은 동네였기에 평소부터 서로 잘 알고 지냈다.

안타까운 사연을 지니고 있는 신판정 이야기는 일대에서 유명하다. 불행한 이야기들은 좋은 소식들보다 사람들 사이에서 빠른 속도로 널리 퍼져 나가고는 한다.

"여기 사장님께서 자전거를 주문했기에 직접 배달 왔지."

자전거에서 내린 신판정이 말했다.
"이제부터 두 발로 걸어 다니지 말고 이 자전거들을 편하게 사용하세요."
차준후도 자전거에서 내렸다.
짐용 자전거와 승용 자전거 한 대씩이 공터 한쪽에 주차됐다.
"신경 써 주셔서 감사합니다. 자전거를 타고 다니며 열심히 영업을 뛰겠습니다."
편하게 영업하라고 자전거를 구매해 줬는데.
오히려 그것이 더욱 감홍식의 영업 열망을 불태웠다.
자전거의 존재가 감홍식을 더욱 힘들게 만들 전망이었다.
차준후가 고개를 가볍게 저었다.
'그냥 말한 대로 편하게 받아들여요.'
말 그대로 두 발이 아닌 자전거를 수단으로 편안하게 이용하라는 의미였다.
영업을 더 뛰라고 준비한 게 아니다.
그런데 받아들이는 영업 사원이 마구 열정을 불태우고 있었다.
오히려 이럴 때는 착각하게 두는 편이 본인과 회사를 위해서도 좋았다.
"알아서 하세요."

"믿고 맡겨 주셔서 감사입니다."

신뢰받고 있다고 생각한 감홍식이 뿌듯한 표정을 지었다. 반짝거리는 눈빛에는 자신만의 생각이 확고했다.

"제조실로 들어가지요."

차준후가 신판정을 데리고 제조실로 향했다.

"직원이 아주 열정적이군요. 보기 좋습니다."

우울하게 보내던 이웃 감홍식이 활짝 웃으며 지내는 모습이 그의 눈에 좋게 보였다.

"열정이 너무 높아서 탈입니다."

얼굴에 소금기가 보일 정도로 일하는 걸 원하지는 않는다.

과유불급.

과한 건 모자라느니만 못하다.

오히려 쓰러지진 않을까 걱정이었다.

"사장님에게 잘 보이려고 하는 거지요. 예쁘게 봐주시면 됩니다."

신판정이 웃었다.

차준후가 직원들에게 해 준 일들이 파다하게 일대에 퍼졌다.

집으로 돌아간 두 명이 부인에게 이야기했고, 부인들이 개울 빨래터 등에서 다시 입을 털었다. 아낙네들 사이에 돈 많고 마음씨 좋은 사장 소문이 빠른 속도로 퍼져 나갔다.

그리고 용산 일대에서 일하는 신판정의 귀에도 소문이

전해졌다.
 제조실 문이 열려 있었다.
 최우덕은 땀으로 흠뻑 젖어 있었고, 그 옆에는 골든 이글을 담고 있는 포마드 용기들이 잔뜩 쌓여 있었다.
 "우덕 아저씨, 고생이 많아 보이네요."
 "판정아! 사장님과 함께 여기는 웬일이냐?"
 "사장님께서 자동 시설 장비를 제작해 달라고 부탁하셔서요."
 "아! 네가 손재주가 뛰어났지. 경성 정공업에서 배웠다는 걸 알았어야 했는데……."
 "사장님도 부탁하셨는데, 아저씨가 고생하지 않으려면 가장 먼저 자동 믹서가 필요해 보이네요. 믹서가 회전할 때 발생하는 반동을 제어할 수 있어야 하는데, 설치가 어렵지는 않아요."
 "살았다! 사장님, 배려해 주셔서 감사합니다."
 "지금처럼 일하면 탈이 납니다. 열심히 하는 것도 좋지만 과로는 안 됩니다. 맡은 업무만 충실하게 수행하면 됩니다."
 차준후가 최우덕의 성격을 알고 있기에 경계했다.
 실직했다가 취직했기에 만족스런 직장에서 과도하게 일하려고 하는 모습이 너무 명백하게 보였다.
 죽을 것처럼 열심히 일하다가 정말로 한 방에 훅 갈 수

칠천리 〈209〉

도 있었다.

"신경 써 주셔서 감사합니다. 그리고 이 정도는 거뜬하게 해낼 수 있기에 과로가 절대 아닙니다. 골든 이글 크림을 지금 바로 뚝딱 만들어 낼 수 있습니다."

최우덕이 아직 팔팔하다며 노익장을 과시했다.

왜 말을 듣지 않는 거니?

과로한 게 뻔히 보이는데, 과로가 아니라고 말하면 대체 뭐라고 해야 하나?

"칠천리 사장님이 자동 믹서를 만들어 줄 때까지 포마드 크림 제작은 금지입니다."

차준후가 강제로 지시했다.

처음에는 제작 방법을 알려 주기 위해 육체를 움직이라고 했다. 그러나 계속 반복하면 골병들기 딱 좋은 움직임이었다.

사람을 갈아 가면서까지 화장품을 제작할 생각이 없었다.

"이토록 생각해 주시니 몸 둘 바를 모르겠네요."

감동한 최우덕의 눈가가 붉어졌다.

아이쿠!

이 사람아!

이게 당연한 거야!

월급을 준다고 해서 직원의 심신을 망가뜨릴 수 있는 사장은 세상 어디에도 없다.

"화장품 용기에 용액들이 자동으로 채워지게 하려면 조금 신경을 써야겠는데······. 용기가 움직이지 않도록 제어 장치를 만들어야 하겠고, 자동 밸브는 유압으로 하는 것이 좋은가? 아니면 배관 시스템으로 해결할까?"

무섭게 집중하고 있는 신판정이 머릿속으로 자동 설비 시설을 그려 나가고 있었다.

기계 설비는 시공 기술도 중요하지만 어떤 자재를 쓰느냐에 따라서 품질이 좌우된다. 요리사에게 음식 재료가 중요하듯 기계 설비 시공에 있어서 자재는 빼놓을 수 없는 핵심이다.

* * *

"역시! 기대를 충족시켜 주는군요. 마음을 찌르르 울리는 느낌이 있어요."

차준후가 회사 정문에 걸린 간판을 보면서 감탄했다.

직접 기획한 내용물을 줬는데, 눈앞에 드러난 실물 간판은 차원이 달랐다.

전영식의 손을 거친 거치면서 예술품으로 탄생했다.

환상적이라고 표현할 필기체가 멋들어지게 그려졌고, 회사 로고가 선명하게 박혀 있었다.

"와! 정말 잘 만들었네요."

"멋지네요."
최우덕과 감홍식이 입을 떡 벌렸다.
"최고입니다."
차준후가 엄지를 치켜세웠다.
"감사합니다."
전영식이 고개를 숙였다.
간판을 만들어 놓고 차준후가 어떤 반응을 보일지 내심 걱정했었다.
"밤에 야간 학교를 다니지요?"
"회사에 지장을 주지 않도록 할게요. 그만두라고 하면 나가지 않을 거고요."
"그게 아닙니다. 주간에도 배움을 받으라는 겁니다. 회사에는 오지 마시고 배움에 집중하세요. 연락은 제가 차후에 하겠습니다."
차준후가 놀라운 작품을 보자 몸이 달아올랐다.
전영식의 천재성을 더욱 폭발적으로 이끌어 내고 싶었다.
"네?"
생각지도 못한 이야기에 전영식이 놀랐다.
회사로 초빙하기 위해 그냥 했던 말이 아니라고?
"내일부터 출근하지 말고 주간 학교를 다녀 보세요. 그리고 별도로 개인 과외를 할 수 있는 명망 있는 교수님이나 미술가분들을 알아볼게요. 배움을 청하고 싶은 분이 있으면 알려 주셔도 좋고요."

"제가 뭐라고 이렇게까지 해 주시나요?"

전영식이 울컥거렸다.

눈물이 날 것만 같았다.

힘들고 어렵게만 살았는데.

물질적인 지원과 함께 이처럼 따뜻하게 대해 주는 사람은 처음이었다.

"당신은 자신이 생각하는 것보다 대단한 사람입니다. 영혼을 울릴 수 있는 예술 작품은 저에게 놀라움을 선사해 줬고요. 아무나 할 수 있는 일이 아닙니다. 저는 그런 놀라움을 많이, 그리고 더 심도 있게 느끼고 싶네요."

차준후가 지원하는 바를 분명하게 알려 줬다.

"기대에 어긋나지 않도록 노력할게요. 꼭 최고의 작품을 보여 드릴게요."

"기다릴게요."

전영식이 이를 악물었다.

차준후의 기대를 충족시키겠다고 다짐했다.

'최선을 다할 거야.'

좋아서 즐기던 그림에 사력을 다하기로 했다.

"저게 그렇게 대단한 예술적인 간판이야? 마음을 울리는 건 잘 모르겠는데……."

"저도 잘 모르겠어요. 그런데 사장님이 최고라고 말하니까, 아름답고 멋있기는 한 것 같아요."

최우덕의 물음에 감홍식이 중얼거렸다.

"보는 사람마다 다른 겁니다. 그게 예술이지요."

간판이 좋은 건 사실이다.

그러나 그 안에 녹아들어 있는 전영식의 예술적인 부분은 아직 미진했다.

차준후가 미래에서 전영식의 걸작을 보았기에 간판에서 조금이나마 찾아낼 수 있었다.

'그때 느꼈던 전율을 다시 경험하고 싶다.'

간판을 바라보고 있는 차준후의 얼굴에 미소가 피어났다.

* * *

아침 9시가 약간 못 미친 시간이다.

스카이 포레스트 공장 앞에 수백 명의 사람이 몰려서 아주 난장판이었다.

"지금 들어가면 되나요?"

"언제 시험을 보는 겁니까."

"안에 들여보내 주세요."

"왜 채용 조건이 17세 이상인가요? 저 다 컸어요. 취직

시켜 주세요."

 굳게 닫혀 있는 정문 앞에서 사람들이 아우성을 치고 있었다.

"시험은 10시에 시작입니다."

"정문 흔들지 마세요. 안으로 들어오시면 안 됩니다."

 최우덕과 감홍식이 몰려든 사람들로 인해 곤욕을 치르고 있었다.

"여기 망한 화장품 회사인데, 무슨 일 벌어졌나요?"

 우연히 지나가던 청년이 호기심에 한 명을 붙잡고 물었다.

"소식이 느리네. 젊은 사장이 공장을 인수한 지가 언제인데 그런 소리를 하시나."

"제가 근래 지방 고향에 내려갔다 와서요. 인근 소식에 대해서 잘 모릅니다."

"젊은 사장이 오늘 10시에 30명의 직원을 채용한다고 하더라고. 월급이 무려 7백 환이야."

"헉! 7백 환이나 준다고요? 죽을 것처럼 부려 먹거나 특별한 기술을 요구하는 건가요?"

 꿈의 직장이다.

"그럼 이렇게 많은 사람이 몰려들지 않았겠지. 조건은 딱 하나! 17세 이하만 아니면 돼. 그런데 놀라운 건 거기서 끝이 아니지."

"다른 것도 있나요?"
"회사에서 점심 식사를 제공한다네."
"점심까지요? 끔찍하게 직원을 챙겨 주는 회사네요."
"그러니까 이 난리가 벌어진 거지."
"저도 줄 서야겠네요."
"선의의 경쟁을 펼쳐 보자고."

 길 가던 청년이 우연찮게 직원 공개 모집 이야기를 듣고서 무리에 합류했다.

제8장.
직원 채용

직원 채용

 사람들이 점점 더 많이 모여들었다.
 소문을 듣고 온 사람들이 있었고, 잔뜩 모여 있는 사람들을 보고 달려온 자들도 있었다.
 끼익!
 시발택시 한 대가 공장에서 떨어진 도로에서 멈췄다.
 "손님, 사람들 때문에 더는 앞으로 갈 수 없네요. 여기서 내리셔야겠습니다."
 "잘 타고 왔네요."
 차준후가 택시비를 지불하고 내렸다.
 "무슨 일이지? 큰일이라도 터졌나?"
 공장 앞에 얼핏 봐도 4백 명이 넘는 사람들이 모여 있었다. 인도에만 머무를 수 없어 도로까지 위험하게 나와 있었다.

"잠시만요. 지나가겠습니다."

차준후가 인파를 뚫고 나아갔다.

"늦게 왔으면 뒤에서 얌전히 기다려요."

"당신이 뭔데 앞으로 가려고 해. 난 일찌감치 와서 기다리고 있는 거야."

공장 앞을 메우고 있는 사람들이 비켜 주지 않고 버텼다.

"여기 사장입니다. 제가 공장으로 들어가야 채용 시험을 치를 수 있습니다."

차준후가 정체를 밝혔다.

비집고 들어가려고 해도 꽉꽉 메우고 있는 인파를 뚫고 앞으로 나아갈 수가 없었다.

'헐! 힘들고 어려운 시기라는 건 알고 있었는데, 취직하려고 다들 열심히 하구나.'

평균을 상회하는 월급과 점심 제공 등의 복지를 제공한다는 게 얼마나 큰 위력을 발휘하는지 몸을 부대끼는 체험을 통해 알게 됐다.

"아이쿠! 사장님. 제가 잠시 헛소리를 내뱉었습니다."

"얼른 지나가세요."

"옆으로 비켜! 회사 사장님 오셨잖아."

사람들이 바다가 갈라지는 것처럼 양쪽으로 쫙 갈라졌다.

차준후가 전후좌우에서 꽂히는 사람들의 무수한 시선을 받으며 공장으로 향했다.

"사장님, 저 꼭 뽑아 주세요."

"일 잘할 수 있습니다."

"열여섯으로 공고를 다니고 있는데, 어른 한 명 몫 충분히 해낼 수 있어요."

흩어진 사람들이 저마다 자신을 뽑아 달라고 이야기했다. 절박한 표정을 짓고 있는 자들이 대부분이었고, 일부가 몸을 붙잡으려고까지 했다.

"시험을 통해 직원을 선발할 겁니다. 시험만 잘 보면 직원이 될 수 있어요."

차준후가 여기저기서 들려오는 청탁에 명확한 기준을 밝혔다.

"저를 붙잡고 떼쓴다고 해서 직원이 되지는 않아요. 오히려 감점만 받겠죠. 제가 다 기억하고 있습니다."

몰려들려던 사람들이 다시금 거리를 뒀다.

"어이쿠! 이 사람들아! 밀지 마."

"왜들 이러는 거야. 사장님께서 붙잡지 말라고 하시잖아."

지근거리에 있던 사람들이 차준후 곁으로 밀려가지 않으려고 버텼다.

"사장님, 빨리 들어오세요."

소란에 놀란 감홍식이 살짝 정문을 열었다.

"얼마나 많은 사람에게 채용 소식을 이야기한 거예요?"

차준후가 물었다.

"가족과 친한 지인들, 그리고 성실하다고 생각한 사람들에만 이야기했습니다."

"사장님, 저도요."

두 사람이 억울하다는 분위기를 물씬 풍겼다.

기껏해야 지인들에게 스카이 포레스트의 채용 소식을 전하며 월급과 복지, 그리고 마음씨 좋은 차준후에 대한 이야기를 풀었을 뿐이었다.

"그런데 이렇게 많은 사람이 몰렸다고요?"

"아무래도 입소문이 퍼진 모양입니다."

"지인들이 다시 친한 사람들에게 채용 소식을 전파했다고 들었어요."

제대로 된 일거리가 없는 시기이다.

더군다나 평범한 일반인에게 두둑한 월급과 복지를 챙겨 주는 회사는 극히 드물다.

손에 꼽을 정도로 희귀한 회사에서 30명의 직원을 뽑는다고 하니 난리가 벌어지고 말았다.

"제대로 직원 모집 공고 냈으면 난리가 났겠는데요."

"천 명이 넘게 왔겠지요."

"천 명이 뭡니까? 수천 명이 몰려들었겠죠. 일대가 아주 난장판이 됐을 거라 장담합니다."

무엇 하나 자랑할 게 없는 대한민국인데, 넘쳐 나는 건 바로 사람들이었다.

왜 이런 사태가 벌어졌는지 차준후가 알게 됐다.

정문 밖에서 그를 빤히 바라보는 사람들이 정문에 다닥다닥 붙어 있었다. 뒤에서 밀거나 전진하려는 사람들로 인해 정문에 바짝 밀착된 모습이었다.

"정문을 활짝 여세요. 이대로 계속 방치했다가는 사고가 날 수도 있겠어요."

차준후가 안으로 들어서면서 지시했다.

압사의 위험이 보였고, 위험하게 도로까지 점령한 사람들을 이대로 둘 수는 없었다.

굳게 닫혀 있던 정문이 열렸다.

"공터에 모이세요. 사람들이 너무 많으니까 무질서하게 있지 말고 질서를 정연하게 지키면서 있으시면 됩니다."

차준후가 외쳤다.

4백 명의 사람들이 우르르 공장 안으로 밀물처럼 밀려들었다.

"밀지 마세요."

"천천히 움직이세요. 넘어지기라도 하면 큰 사고 납니다."

"질서를 지킵시다."

최우덕과 감홍식이 분주하게 돌아다니는 가운데 함께 움직이는 자들이 보였다. 그들이 무질서하게 움직이는 사람들을 대오를 갖추게 만들려고 했다.

'이 많은 사람을 언제 다 심층 면접과 시험을 볼 수 있는가. 성실하게 일할 수 있는지를 살펴보자.'

알아서 열정적으로 움직이는 사람들을 차준후가 눈여겨보았다.

모인 사람 중에 어린 티가 역력한 중고등학생들 또래의 아이들이 보였다.

"17세 이하는 채용하지 않습니다. 합격하더라도 나이를 속이면 차후에 합격이 취소됩니다. 그러니 돌아가세요."

"사장님! 저 다 컸어요. 아이까지 낳을 수 있는 나이라고요."

"어른 몇 명 몫을 충분히 해낼 수 있으니 믿어 주세요."

쉽게 찾아오지 않는 좋은 기회를 잡으려고 나이 어린 사람들이 아우성이었다.

"채용은 없습니다. 계속해서 추가 모집을 할 계획인데, 나이가 되면 그때 지원하시면 됩니다."

확고한 차준후가 기준을 변경하지 않았다.

'어린아이들이 있어야 할 곳은 공장이 아닌 학교야.'

일을 시키는 것이 아닌 학교로 보내 보호해 줘야 할 아이들이다.

쫓아낸다고 학교로 갈 수 있는 건 아니겠지만.

어쩔 수 없는 아픈 시대의 현실이다.

어깨를 축 늘어뜨린 아이들이 터벅터벅 공장 밖으로 나갔다.

'살기 좋은 세상을 만들어 줄게. 그게 후대를 위한 어른의 몫이니까.'

가난한 나라에서 태어나 못 먹고 못 배운 아이들을 바라보는 차준후의 눈빛이 아련했다.

"면접을 한 번에 10명씩 볼 겁니다."

차준후가 말했다.

귀를 쫑긋하고 있던 사람들이 그 말을 듣고서 수군거렸다.

"10명씩 시험을 본다고?"

"어떻게 하지?"

"10명씩 모입시다. 줄 맞춰서 모여 봅시다."

"열 시가 되면 그때 움직여도 되잖아요."

"천천히 합시다. 급하게 움직이면 체하는 법이요."

사람들이 제각각 편하게 받아들였다.

시험은 벌써부터 시작됐다.

경리를 제외하고 회사에서 이번에 뽑는 직원들 가운데 특별한 기술이 필요한 자들은 없었다.

그저 열심히 일해 주면 될 뿐이다.

"여기 모인 사람들 가운데 여상을 나왔거나 경리 경력을 가지고 있는 분들은 저기 은행나무에 모여 있으세요. 그분들은 따로 면접을 볼 겁니다."

아직 볼살이 빠지지 않은, 앳돼 보이는 새초롬한 소녀와 정장을 깔끔하게 차려입고 등장한 성숙한 여인, 그리고 허름한 옷이지만 깨끗한 차림의 어린 여인이 큼지막한 은행나무를 향해 움직였다.

현재까지 경리 지망생은 세 명이었다.

좁은 공간에 워낙 많은 사람이 몰렸는데, 난리도 이런 난리가 없었다.

'저 사람들은 탈락이다.'

나무 아래 그늘에 앉아 있는 사람들이 일찌감치 탈락자 목록에 올랐다.

'처음부터 편안할 걸 찾는데, 회사에서 열심히 일할 수 있을까?'

차준후가 의구심을 드러냈다.

선입견이다.

쉴 때 확실하게 쉬는 저들이 막상 일에 들어가면 진짜 열심히 할 수도 있다.

시험지의 답을 구하는 것처럼 맞고 틀리고의 문제가 아니다.

'바쁘게 움직이는 사람들이 내게 잘 보이려고 하는 것일 수도 있겠지. 그래도 저런 노력을 기울이는 사람을 뽑는 게 맞다.'

자신만의 기준을 세웠다.

열심히 일하는 사람들에게 기회를 주고 싶었다.

차준후가 그렇게 채용할 서른 명의 직원들을 하나둘씩 마음에 채워 넣었다.

중구난방으로 움직이는 4백 명 상회하는 사람들을 지켜보다 보니 금방 열 시가 됐다.

"정문을 닫으세요."

차준후가 지시했다.

정문 가까이에 있던 얼굴에 구멍이 뽕뽕 뚫린 곰보 청년이 재빠르게 정문으로 달렸다.

그그긍!

정문이 닫혔다.

"잠깐만요. 저도 채용 시험을 보러 왔어요."

"늦지 않았잖아요. 열어 주세요."

몇몇 사람들이 뒤늦게 도착해서 닫힌 문을 열어 달라고 사정했다.

정문 앞에서 곰보 청년이 어떻게 해야 할지 몰라 당황해하며 차준후를 바라보았다.

"늦었습니다. 다음에 채용 소식을 들으면 시간 맞춰서

오세요."

 기회를 주지 않았다.

 저들을 안으로 들이면 먼저 도착해서 기다린 자들은 뭐가 되겠는가.

 "와! 칼처럼 끊으시는구나."

 "직원들을 끔찍하게 챙기는 정 많은 사장님이라고 생각했는데, 단호할 때는 엄청 단호하다."

 "반하겠어."

 "멋있다."

 공터 안에 있는 자들은 정문을 다시 열지 않는 모습에 감탄을 터트렸다. 반면 뒤늦게 온 사람들의 얼굴에는 절망감이 스치고 지나갔다.

 "지금부터 건물 안에서 면접을 보겠습니다. 공장장님, 10명씩 무리를 지은 사람들부터 들여보내시면 됩니다. 감홍식 영업 사원은 면접이 끝난 사람들을 밖으로 안내하세요."

 "알겠습니다."

 "네, 알겠습니다."

 차준후가 건물 안으로 들어갔다.

 의자에 앉자 곧이어 10명의 사람들이 경직된 표정으로 나타났다.

 "지원 인원이 많네요. 30초 드리죠. 오른쪽 분부터 왜 뽑아야 하는지 말해 보세요."

"네? 저는 다른 화장품 회사에서 10년 넘게 근무하고 있는 경력자입니다. 생산, 영업, 포장, 경비 등 다방면에서 일할 수 있는 만능 인재……."

"잘 들었습니다. 다음 분이요."

"아직 할 말이……."

"30초입니다. 다음 분 말하세요."

"열심히 잘할 수 있습니다. 사장님, 뽑아 주십시오."

취업 지원자들이 짧은 시간 안에 뽑혀야 할 이유에 대해 이야기했다. 명확하게 할 말만 하는 사람보다 그렇지 않은 자들이 많았다.

10명을 면접 보는 데 5분이 넘지 않았다.

4백 명을 상회하는 사람들을 모두 면접 보려면 3시간이 훌쩍 넘어간다.

"고생했습니다. 채용 여부는 차후에 알려 드리겠습니다."

차준후가 사람들을 내보냈다.

공터에서 채용할 사람들을 이미 선정해 뒀지만 면접으로 마지막 기회를 제공했다.

혹시라도 놓치는 인재가 있을 수도 있었으니까.

"거기, 마지막으로 나가고 있는 청년은 저를 좀 도와주시죠. 면접을 혼자 보려니 조금 힘드네요. 사람들이 들어

오면 곧바로 줄을 맞춰서 똑바로 서게 해 주시면 됩니다."

"알겠습니다."

정문을 닫았던 곰보 청년이 나가려다 말고 남았다.

"내가 가장 마지막에 나왔어야 했는데……."

"아쉽다. 늦게 나올걸."

아홉 명의 사람들이 빠져나갔다.

"당신은 합격입니다."

적극적으로 솔선수범하며 움직인 점이 차준후의 마음에 들었다.

"아! 감사합니다. 열심히 일하겠습니다. 사장님."

곰보 청년은 감격한 표정을 지었다.

그리고 밖으로 나간 사람들이 자신과 달리 탈락했다는 걸 깨달았다.

10명의 사람들이 다시 건물 안으로 들어섰다.

"처음 들어서는 분부터 순서대로 줄 서세요."

곰보 청년 범삼장이 일하기 시작했다.

직원이 돕기 시작하자 쭈뼛쭈뼛하게 움직이던 사람들이 신속하게 줄을 섰다.

* * *

"면접 시간은 30초입니다. 오른쪽 부터 시작하세요."

"저로 말할 것 같으면 오래전부터 화장품 회사에 취직을 하고 싶었던 사람으로……."

'약장수냐, 탈락!'

"사장 청년! 좋은 취직 자리가 있다고 해서 나왔소. 내가 나이가 많지만 열심히 일할 수 있소이다."

'할아버지, 회사는 노인정이 아니에요. 집에서 손주들 돌보면서 편안하게 쉬셔야죠. 다음부터는 50세 이상 취업 금지.'

취업 금지 조건이 늘어났다.

생각이 짧았다.

하한선이 있었으면 상한선도 있어야 했다.

제품 생산을 시작하고 나면 해야 할 일이 많을 텐데 일을 시켰다가는 몸이 버티지 못할 것처럼 보이는 할아버지이다.

"강원도 광산에서 일하고 있는 염보성이라고 합니다. 막장에서 일할 정도로 담력이 있습니다. 회사에 취직이 된다면 누구보다 성실하게 일할 자신이 넘칩니다."

'합격!'

차준후가 살짝 고개를 끄덕였다.

"합격 여부는 차후에 개별적으로 알려 드립니다. 돌아가세요."

면접을 보고 우르르 나가는 사람들이다.

"거기 청년!"

차준후가 말하자 젊은 사람들이 일제히 고개를 돌렸다.

심지어 할아버지까지.

할아버지는 청년이 아니잖아요.

"광산에서 온 청년! 일당을 줄 테니까, 일 좀 도와주고 가요. 면접 보고 나가는 사람들을 정문 밖까지 데려다주세요."

"알겠습니다, 사장님."

염보성이 고개를 깊숙하게 숙였다.

"밖에까지 안내해 드릴게요. 나가지요."

"쳇! 나도 할 수 있는 간단한 일인데……."

"어른에 대한 공경이 없군. 이런 일은 어른인 내게 시켜야지."

"어르신! 밖에 나가서 이야기하시죠. 합격하실 수도 있는데, 여기서 이러시면 사장님이 곤란하시잖아요."

"험! 험! 그렇지. 나가야지."

툴툴거리는 사람들을 염보성이 다독거리면서 공장 밖으로 안내했다.

'사람들을 다독거릴 줄도 알고, 일 잘하네.'

잘 채용한 것 같다.

사람을 다루는 게 얼마나 중요한지 알고 있었다.

"다음 면접 분들, 들어오세요."

범삼장이 건물 안으로 사람들을 들어오게 한 뒤 줄을 세웠다.

"30초 면접입니다. 오른쪽 분부터 시작하세요."

이미 밖에서 면접을 어떻게 하는지 들은 사람들이 저마다 준비하고 있던 말을 꺼냈다.

"퇴장하세요."

염보성이 공장 밖으로 사람들을 안내했다.

차준후로부터 일거리를 부여받은 사람들이 하나둘씩 늘어났다.

3시간의 면접 시간이 넘었을 때 그 사람들의 숫자가 서른 명을 살짝 상회했다.

34명이다.

'30명을 생각했는데, 조금 더 뽑자.'

생각보다 엄청난 사람들이 몰려들기도 했고, 또 마음에 든 사람들이 많았다.

이제 일곱 번 더 면접을 보면 끝난다.

공터에 우글거리던 많은 사람이 썰물처럼 빠져나갔고, 이제 70명 정도만이 남았다.

아!

은행나무에 있는 경리들도 봐야 하니까, 여덟 번이었다.

'피곤하네. 사람을 채용한다는 게 쉽지 않구나.'

홀로 면접을 보니 피로도가 장난이 아니다.

열정을 가지고 채용되고 싶다는 분위기를 팍팍 풍기고 있으니 허투루 대할 수도 없다.

그래서 회사에 필요한 인재인지 집중해서 지켜보았다.

"30초 드립니다. 오른쪽 분부터 자기소개 시작하세요."

"안녕하십니까, 사장님. 쌀가게에서 일하고 있는데요. 80킬로가 넘는 쌀을 번쩍번쩍 들 정도로 장사입니다. 힘이 좋고 성실한 사람이 바로 접니다."

"전 서울 공업 고등학교까지 나온 인재입니다. 머리가 좋고, 기계도 척척 잘 다룹니다. 생산, 포장, 영업 등 모든 분야에서 열심히 일할 수 있습니다."

면접이 끝났다.

세 명의 사람을 더 뽑았다.

37명.

일곱 명의 사람을 더 채용했다.

차준후가 의자에서 일어나 밖으로 나와 보니 40여 명의 사람이 공터에 흐트러지지 않고 질서정연하게 모여 있었다.

'잘 뽑았다.'

채용한 직원들을 보면서 차준후가 흡족한 표정을 지었다.

"면접을 보고 회사에 남은 당신들은 모두 합격입니다.

아실지 모르겠지만 회사에서 점심 식비를 대주고 있습니다. 어느덧 점심시간이 훌쩍 넘었네요. 경리분들 면접만 남았는데, 식사부터 해결합시다."

"와아! 사장님 만세!"

"설마 했는데 진짜 점심까지 회사에서 이 많은 사람을 책임져 주는구나."

"이 회사에 죽을 때까지 뿌리를 박을 거야."

합격한 사람들의 얼굴에 기쁨이 역력했다.

"감홍식 사원, 미자 국밥집에 국밥 배달 주문하세요."

"바로 달려갔다 오겠습니다."

"마흔네 그릇 국밥 주문하시고, 부족하지 않게 수육까지 넉넉히 챙겨서 주문하세요."

"알겠습니다."

"미자 국밥집에 배달할 사람이 부족하니까, 사람들을 데리고 가세요."

대량 주문이다.

아주머니 한두 명이 머리에 이고 올 수 있는 양이 아니다.

엄마와 딸, 단둘이 일하고 있는 미자 국밥집이다. 한 명은 식당을 지키고 있어야 하기에 음식 배달할 사람이 한 명뿐이다.

"가겠습니다."

"제가 먹을 밥, 제가 직접 가져올게요."

사람들이 미자 국밥집으로 서로 가겠다고 난리였다.

그들 가운데는 최우덕과 감홍식의 부인들도 포함되어 있었다. 남편에게 지도를 받았는지, 아니면 원래의 성품인지 바지런하게 움직였다.

"저도 갈게요."

경리로 취업 지원을 한 허름한 옷이지만 깨끗한 차림의 어린 여인도 움직였다.

잘 차려입은 다른 두 명의 여인들은 음식 배달을 할 생각이 없었다.

내가 배달까지 해야 해?

가져다주는 음식을 맛있게 먹기만 할 거야.

그런 태도가 보였다.

경리를 지원할 정도면 이른바 배운 여성들이다.

"갑시다."

감홍식이 여섯 명의 사람들을 이끌고 나갔다.

'음! 저게 틀린 건 아니지.'

차준후는 움직이지 않고 공터에 남은 여인들의 마음을 이해했다. 잡일 하지 않고 경리의 업무에만 집중하겠다는 마음을 존중했다.

'그러니 제가 지금 음식 배달을 하러 나간 여인을 뽑는 것도 이해하고 존중해 줘야겠죠.'

면접을 봐야겠지만 이미 경리로 뽑을 여인을 정했다.

잠깐의 시간이 흘렀다.

머리에 쟁반을 인 국밥집 딸을 필두로 감홍식과 직원들이 공장으로 오고 있었다.

국밥집 딸의 뒤에 취업 지원생이 바짝 붙어 있었다.

남성 직원들이 국밥을 떨어뜨릴까 봐 조심스럽게 움직이고 있는 것과 달리 걸음걸이에 주저함이 보이지 않았다.

"건물 안에 가져다주세요."

"사장님, 대량 주문해 주셔서 감사합니다. 특별히 고기를 듬뿍 넣었어요."

"신경을 써 주셔서 감사합니다. 맛있게 먹겠습니다. 여기 국밥값 받으세요."

"잘 받았습니다."

건물 내부에 간이 식당이 펼쳐졌다.

책상 위에 국밥을 올려놓고 먹을 수 있는 사람들은 양반이었다. 창문틀에 걸치고 먹는 사람이 있었고, 심지어 바닥에 놓고 먹는 사람들도 많았다.

"식사합시다. 모두 맛있게 드세요."

차준후가 탁자 위에 올려놓은 국밥을 먹기 시작했다.

진한 국물 맛이 일품이다.

탱탱하고 탄력 넘치는 수육을 씹으니 육즙이 팍 터졌다.

한입 먹을 때마다 즐거웠다.

"잘 먹겠습니다."

"감사히 먹겠습니다."

최우덕과 감홍식이 감사함을 표하고 숟가락으로 국밥을 퍼먹었다. 중간중간에 수육까지 집어 먹으며 행복한 표정을 지었다.

잔칫날 아니면 먹기 힘든 좋은 부위의 수육 고기였다.

국밥을 받아 들었지만 합격한 직원들이 쭈뼛쭈뼛하며 눈치를 살폈다.

낯설었기 때문이다.

"잘 먹겠습니다, 사장님."

염보성이 고개를 꾸벅하고 숙인 뒤에 수육 한 점을 입에 넣었다.

맛있다.

면접을 보러 왔다가 수육을 먹게 되다니?

상상할 수도 없는 일이다.

한 명이 먹기 시작하자 배고팠던 다른 사람들도 빠르게 동참했다.

"여기서 일하면 점심때 고기를 먹을 수 있는 건가요?"

"사장님께 물어봐야지."

"아! 행복하네요."

국밥과 수육을 먹는 사람들의 얼굴에 행복감이 역력했다.

즐겁게 먹고 있는 모습이 좋았기에 차준후가 말없이 웃었다. 고기가 딸린 식사 하나만으로 좋아하다니 정말 순수한 사람들이었다.
 식사가 끝났다.
 여인들이 주축이 되어 정리를 해 나갔다.
 그들 가운데 아까 배달을 갔다가 왔던 경리 지망생이 포함되어 있었다.
 깍두기 국물과 김칫국물이 담긴 종지를 척척 포개어서 담았고, 남은 반찬들과 밥을 모으고, 국밥 그릇들도 야무지게 정리해 나갔다.
 깨끗하던 손이 지저분해졌다.
 정리한 용기들을 쟁반에 모은 뒤에 미자 국밥집에 반납하기 위해 머리에 이려고 했다.
 더 이상 미룰 필요가 없어 보였다.
 "오래 기다리셨네요. 식사도 했겠다, 지금 경리분들 면접을 보겠습니다. 30초 드릴 테니, 자기소개해 보세요."
 차준후가 쟁반을 들고 있는 여인을 바라보았다.
 "서울 여자 상업 고등학교를 졸업한 종운지라고 해요. 신흥 기업에서 일하고 있는데, 좋은 회사가 있다고 해서 지원을 하게 됐어요. 학교에서 배운 게 많고, 기업에서 부대끼며 많은 걸 보고 배웠습니다. 잘 부탁드려요."
 쟁반을 바닥에 내려놓고 자신을 소개했다.

신흥 기업에서의 일은 고됐다.

공장에서 물건을 만들고, 포장을 했고, 사무실에서 사람들의 커피를 타고 식사까지 준비한다. 다양한 업무를 이른 아침부터 퇴근 시간을 훌쩍 넘는 9시 정도까지 하는 실정인데도 불구하고 월급이 4백 환이 되지 않았다.

여자들의 통상 임금은 남자들에 비해 박한 시기이다.

"다음 분이요."

차준후가 정장 입은 여인을 바라보았다.

정장 여인이 은행에서 오래 근무하며 경리로서 최적인 인재라고 자신을 소개했다. 확실히 경력적인 면만 볼 때 앞의 여인보다 나아 보였다.

깔끔했다.

만약 좋은지가 없다면 뽑았을지도 몰랐다.

"마지막 분이요."

가장 앳돼 보이는 여인은 큰아버지가 용산에서 알아주는 지역 유지라며 자신보다 큰아버지를 자세하게 소개했다.

'음! 탈락이요.'

차준후가 들을 필요도 없다고 느끼며 탈락자로 내몰았다.

"채용 여부는 개별적으로 안내해 드리겠습니다. 오랜 시간 기다리느라 수고하셨어요."

"연락 주세요."

"연락 기다립니다."

자신만이 연락을 받을 거라 믿는 두 여인이 가볍게 고개를 숙인 뒤에 건물에서 나갔다.

종운지가 바닥에 내려놓았던 쟁반을 머리에 올렸다.

먹었던 식기들을 미자 국밥집에 반납하고 집으로 돌아갈 심산이었다.

"당신은 합격입니다. 기존 회사 인수인계 정리하고 가능한 날부터 출근하세요."

차준후가 합격을 통보했다.

"감사합니다, 사장님. 회사에서 일하고 싶어 하는 사람들 많으니까 그만두고 싶으면 언제든지 나가라고 했어요. 내일 오전에 사표 제출하고 곧바로 출근할게요."

일 처리가 아주 시원시원하다.

"그렇게 하세요."

빨리 출근한다고 하니 오히려 좋았다.

"자! 내일부터 뵙겠습니다. 합격자분들은 오늘 일하셨으니까 경리에게 일당들 받아 가세요. 반나절 정도 일했으니 20환씩 가져가면 됩니다."

차준후가 종운지에게 사람들에게 나눠 줄 현금을 건네줬다.

애당초 일당을 줄 생각이었기에 미리 준비해 뒀다.

회사 직원들에게 임금이나 일당들을 주는 게 바로 경리였으니까.
종운지가 머리의 쟁반을 내려놓았다.

영업

"한 일이 별로 없는데……."
"20환이나 받아도 되는 걸까?"
"좋다고 들었는데, 정말로 대우가 환상적이구나."
이런 대우를 받아 본 적이 없던 사람들이 어색해했다.
돈을 준다고 하는데도 불구하고 제대로 받지 못하고 쭈뼛거린다.
"일을 하면 대가가 따르는 건 당연합니다. 명심하세요. 회사는 절대로 대가 없이 사람들에게 지시하지 않습니다."
차준후가 확고하게 직원들에게 재차 주지시켰다.
"노동이 있으면 임금이 있고, 노동이 없으면 임금도 없습니다."

유노동 유임금!

무노동 무임금이다.

일한 만큼 회사는 비용을 지불하는 거다.

"잘 받겠습니다, 사장님."

"감사히 받겠습니다."

직원들이 감사해하며 경리 종운지에게 돈을 받아 갔다.

'당연한 거라니까.'

돈을 받아 가면서 왜 꼬박꼬박 인사하냐고.

첫 번째 사람이 물꼬를 트니 마지막 한 명까지 감사 인사를 전해 왔다.

"사장님, 20환이 남아요."

"경리분의 몫이잖아요."

"네? 전 한 일이 없는데요?"

"방금 돈 나눠 줬잖아요. 그리고 반나절 정도 기다리기도 했으니까요. 받아 가시면 됩니다."

지폐를 쥐고 있는 종운지가 고개를 떨궜다.

눈가가 붉어져 있다.

'착한 사장님이다. 잘 모셔야지.'

어린 여인이라고 무시하지 않고 존대로 응대하는 차준후 때문에 눈물이 날 것만 같았다.

'뭔가 착각한 것 같은데, 당연한 거예요. 미래에는 어린 여인이라고 말 함부로 했다가는 곧바로 신고당해요. 사내 감사팀에 끌려가고, 심지어 경찰 조사까지 받을 수 있다고요.'

해 줄 수 있는 일들만 자연스럽게 해 줄 뿐인데 착각한 사람들이 주변에 늘어나고 있었다.

1960년 시기에 21세기 정신은 사람들에게 착각을 동반하게 만들 정도로 위험하다.

* * *

4월 26일.
아침이다.
"충성!"
경비실 밖에 나와 있던 탄탄한 체격의 표주봉이 경례를 격하게 올렸다.
"좋은 아침이네요."
"밤새 건강하셨습니까."
"네, 경비 아저씨도 잘 지냈죠?"
"신경 써 주신 덕분에 편안하게 지냈습니다."
전쟁 때 평양까지 진격했다가 내려왔다는 역전의 전사 아저씨 표주봉이다.
시원시원하게 일을 해 나가기도 했고, 면접 때 30초 동안 한 이야기가 너무 인상적이라 뽑은 직원이다.

차준후가 건물 안으로 들어섰다.

"안녕하세요, 사장님."

"아침 식사 맛있게 하셨어요."

마주친 직원들이 인사를 했고, 차준후가 가볍게 응대하면서 보냈다.

직원들로 북적거렸다.

이제야 겨우 화장품을 본격적으로 만들 수 있는 기반이 마련됐다.

"어서 오세요."

경리로 취임한 종운지가 문을 열고 들어선 차준후를 반겼다. 분명히 경리였는데 언제부터인가 비서 역할까지 겸임했다.

"커피 한 잔 타드릴까요?"

원래는 커피 심부름을 시킬 생각이 없었다.

함부로 시켰다가 큰일이 나는 시대에서 살아왔기에.

그런데 아무것도 시키지 않자 오히려 종운지가 안절부절못하는 촌극이 벌어졌다.

직원이 절실하게 하고 싶다 난리 치잖아.

결국 직원 한 명 살린다는 생각으로 받아들였다.

"걸어오다 보니 목이 좀 타네요. 얼음 동동 띄운 아이스 아메리카노…… 얼음 커피로 부탁합니다."

비서가 있으니 편했다.
 회사 탕비실에는 박창희가 가져다 놓은 미제 냉장고가 씽씽 돌아가고 있었다. 용산 미군 부대에서 몰래 뒤로 빼낸 물품이라고 했는데, 능력이 대단해 보였다.
 '생각보다 능력이 있는 상인이라니까.'
 기회 주기를 잘했다.
 중고 물건들이 빠져나간 자리에 반짝반짝 윤이 나는 새 책상과 새 의자들이 놓였다. 좋은 TV를 구하는 데는 약간의 시간이 걸린다면서 양해를 부탁해 왔기에 알았다고 이야기했다.
 공급하는 상품에 적절한 이윤을 붙여서 종운지에게 받아 가라고 했다. 그리고 수고했다는 의미에서 수고비로 별을 단 장군들이 한 달 보수로 받을 수 있는 천 환을 지급했다.
 물건값으로 벌고 수고비까지 받아 든 박창희가 얼마나 기뻐하던지.
 제자리에서 발을 동동거리며 입꼬리를 쭉 올리던 모습이 아직까지 뇌리에 선명하다.
 "여기요, 사장님."
 "잘 먹을게요."
 차준후가 얼음 커피를 받아 들며 고마움을 표했다.
 이제야 회사다운 분위기가 물씬 풍겼다.

사장 제외하고 두 명뿐인 회사였을 때는 구멍가게나 마찬가지였다. 40명의 직원들이 북적거리자 활기가 넘쳐났다.

자동 믹서가 설치된 공장이 바쁘게 돌아가고 있었다.

골든 이글 포마드 크림이 용기에 담기고 있었고, 윤기가 잘잘 흐르는 인쇄지를 플라스틱 화장품 용기에 둘렀다.

자동화가 덜 되어 있었기에 사람들의 손길이 많이 갔다.

밸브와 컨테이너는 기계 설비가 없었기에 약간의 시간이 더 필요하다고 했다.

* * *

오후 1시에 약간 못 미친 시간.

오후 1시에 라디오에서 이승민 대통령이 대국민 성명을 발표한다고 예고했다.

"라디오 볼륨…… 소리를 좀 키워 주세요."

점심 식사로 자장면과 탕수육을 시켜 먹고 의자에 앉아 여유를 부리던 차준후가 이야기했다.

종운지가 라디오를 만졌다.

치지직! 치지직!

소리가 커진 라디오 스피커에서 잡음이 새어 나왔다.

- 나는 무엇이든지 국민이 원하는 것이 있다면 민의를

따라서 하고자 할 것이며 또 그렇게 하기를 원했던 것이다. 국민이 원한다면 대통령직을 사임하겠다.

이승민 대통령 하야 성명이 발표됐다.

"어머!"

"결국 이리되었구나."

4월 19일 피의 화요일이자 최초의 대한민국 민주주의 혁명은 마침내 4월 26일 승리의 화요일을 이끌어 냈다.

"사장님, 들으셨어요? 대통령이 자리에서 물러나신대요."

"그러네요."

"저희의 손으로 민주주의를 쟁취해 냈어요. 수많은 사람이 거리를 행진할 때 저도 함께했는데, 참 기분이 이상하네요."

"이승민 대통령과 자유당 독재는 종말을 맞이한 거죠."

민주주의라.

대한민국에 진정한 민주주의가 올 날은 아직 멀었다.

권력을 다투는 정치권에서 더욱 혼란스러운 일들이 벌어지게 된다.

독재를 몰아냈더니…….

혼란의 시기를 거치고 더욱 큰 독재자가 등장하게 된다.

"가두 행진할 때 불렀던 노래가 떠오르네요. 헌신하신 분들이 있었기에 뜻깊은 오늘이 찾아왔어요."

학우들이 메고 가는
들것 위에서
저처럼 윤이 나고 부드러운 머리칼이
어찌 주검이 되었을까?

종운지가 나지막이 노래 불렀다.
박목월이 지은 '죽어서 영원히 사는 분들을 위하여' 시에 가락을 붙여서 만든 노래였다.
"민주화 혁명으로 죽거나 다친 분들을 위해 잠깐 묵념합시다."
차준후가 가만히 눈을 감고 민주화 혁명에 헌신한 분들을 위한 시간을 가졌다.
한 치 앞이 보이지 않을 정도로 앞이 깜깜했다.
격랑의 세월이 그를 기다리고 있었다.

* * *

이른 아침, 7시가 약간 못 미친 시간이다.
"어? 사장님."
감홍식이 차준후를 보며 깜짝 놀랐다.
평소 9시 조금 전에 출근하던 차준후가 벌써 회사에 나타났다.

공터에 모여 있던 다섯 명의 사람이 사장의 등장에 화들짝 놀라서 인사하느라 바빴다.
"무슨 일이 있으십니까?"
"일이 있기는 하지요. 오늘 처음으로 골든 이글 영업을 뛰러 가잖아요."
"그렇지요. 후암 시장에 간다고 어제 미리 보고를 드렸잖아요."
"저도 가려고요."
차준후가 골든 이글 영업 팀에 합류하려고 했다.
"영업을 뛰시려면 골든 이글을 뒤에 실은 쌀집 자전거를 타고 가야 하는데요."
"알아요. 한 대 만들어 주세요."
직접 할 수도 있었지만 하지 않았다.
직원들이 불편했기에.
몸을 움직이기 싫어서 한 지시가 아니다.
"보성아! 골든 이글 두 상자."
"네."
"상장아! 쌀집 자전거 가져와라."
"알겠어요."
쌀집 자전거를 대령했다.
짐칸에 두꺼운 고무줄을 이용해서 묶은 골든 이글 두 상자가 실렸다.

"출발하죠."

차준후가 쌀집 자전거 안장에 엉덩이를 붙이면서 말했다.

"후암 시장을 향해 출발!"

감홍식이 소리쳤다.

스카이 포레스트 공장 공터에서 여섯 대의 쌀집 자전거가 밖으로 나갔다. 자전거들의 짐칸에는 골든 이글이 담겨져 있는 상자들이 실려 있었다.

펜대를 굴리며 연구원으로 살았던 전생처럼 사장실에서 가만히 앉아 있을 수도 있었다.

그러나 이번 생에서는 그러고 싶지 않았다.

연구에만 매진하지 않고 열정적으로 하나하나 부딪치면서 살아가려고 했다.

'좋다.'

자전거 페달을 구를 때마다 온몸을 휘감아 오는 시원한 바람이 상쾌했다.

언덕을 내려온 여섯 대의 자전거가 씽씽 빠르게 내달렸다.

차준후가 가장 뒤에서 뒤따르고 있었다.

감홍식을 비롯한 다섯 명의 사내가 평소보다 빠르게 페달을 밟았다. 왕성한 육체를 자랑하며 적극적인 모습을 선보이려고 했다.

가장 후미의 사장이 영향력을 드러낸 탓이다.

회사 내부에서 사장이 적극적으로 행동하는 직원을 선호한다는 소문이 암암리에 돌고 있었다.

딱히 틀린 이야기가 아니다.

'그저 가만히 영업을 뛰러 왔을 뿐인데…….'

차준후가 잘 보이려고 애쓰는 직원들을 보면서 웃었다.

직원들에게 뒤처지지 않게 열심히 자전거 페달을 돌렸다.

경쟁심이 생겨났다.

차준후의 쌀집 자전거가 바로 앞에 있는 직원을 추월했고, 또 한 명의 직원을 연달아 추월했다.

"헉!"

"허억!"

추월당한 직원들이 놀랐다.

"우린 영업으로 먹고살아야 하는 사람들이야. 사장실에 주로 계시는 사장님에게 밀려서야 되겠어? 힘들 내라고."

고개를 돌려 사태를 확인한 감홍식이 소리치면서 쌩하니 쌀집 자전거를 몰았다.

만으로 서른일곱이지만 젊은이에 밀리지 않았다.

부족한 육체적 힘을 왕성한 의지와 적극성, 투지로 보

완하며 움직였다.

그의 말이 영향력을 끼쳤다.

"아자! 힘내자."

"사장님께 힘이 되어 드려야지!"

추월당한 영업 직원들과 앞에서 내달리던 자들이 기존보다 빠른 속도로 쌀집 자전거를 몰았다.

사장에게 질 수 없다는 열정을 마구 내뿜었다.

"이얍!"

육체적으로도 뛰어난 사장이라는 걸 보여 주고픈 차준후가 기합을 토해 냈다.

자전거들이 앞서거니 뒤서거니 하면서 후암 시장으로 씽씽 나아갔다.

"일착이요."

이마에 송골송골 땀이 맺힌 감홍식이 후암 시장 입구에 멈췄다.

"이착인데, 빠르네요."

차준후가 감홍식의 뒤를 이어 도착했다.

"간발의 차이였습니다, 사장님."

감홍식의 얼굴에는 이겼다는 의미에서 은은한 미소가 걸려 있었다.

"좋은 승부였어요."

끼이익!

끽!

자전거 브레이크 잡는 소리와 함께 네 명의 직원들이 속속 도착했다.

거친 숨을 내쉬며 헐떡거렸다.

"자! 영업을 뛰러 갑시다."

감홍식이 쌀집 자전거를 타지 않고 손으로 끌기 시작했다.

7시가 넘어가는 시간이다.

이른 아침부터 시장을 찾은 사람들이 조금씩 늘어나고 있었다.

여섯 대의 쌀집 자전거가 일렬로 쭉 이어서 시장 안으로 들어갔다.

"시장이 활기차네요."

차준후가 주변을 둘러보며 말했다.

"용산에 미군 부대가 자리를 잡으면서 후암 시장이 빠른 속도로 성장했지요. 상점들이 하루가 다르게 늘어나고 있고, 시장을 찾는 사람들도 점점 증가하는 중입니다."

"남대문 시장이 가장 번화하죠?"

"그래서 오후에는 남대문 시장으로 영업을 뛸 생각입니다."

"성과급도 있으니까, 잘해 보세요."

차준후가 당근을 제시했다.
직원들을 열심히 일하게 만들려면 성과급이 필요하다.
"기대를 저버리지 않게 열심히 하겠습니다, 사장님."
성과급이란 말에 감홍식의 얼굴이 붉게 달아올랐다.

* * *

새벽부터 밤늦게까지 영업을 뛰었어도 전 직장에서는 월급 외에 아무것도 없었다. 스카이 포레스트는 지금만 해도 좋았는데, 더 좋게 해 준다고 한다.
"발바닥에 불이 날 정도로 돌아다니겠습니다."
"성과로 보여드리지요."
영업 팀 직원들이 열정을 불태웠다.
"어떻게 영업을 하면 되는지 우선 제가 시범을 보이죠. 그다음에 직접 영업을 뛰러 가면 됩니다."
감홍식이 자신감을 내비쳤다.

[성수네 화장품]

화장품 상점이 나타났다.
간판에는 성수네 화장품이라는 글씨 밑으로 화장품과 미용 재료를 다룬다는 내용이 작게 적혀 있었다. 이 당시의 간판에는 구매자들을 유인하기 위한 여러 가지 설명들이 잔뜩 적혀 있었다.

"성수 어머니, 잘 지내셨어요? 얼마 전에 성수가 시험에서 백 점 맞았다면서요? 어머니의 교육 덕분에 가능한 일이겠지요. 정말 대단합니다."

감홍식이 내부를 정리하고 있던 중년 여인에게 호들갑을 떨었다.

"고마워. 당신도 얼마 전에 취업했다면서, 축하해."

성수 엄마가 감홍식에게도 축하 인사를 건넸다.

동트기 전부터 상인들의 일상은 일찌감치 시작된다.

시장에 나와 상점을 연다.

전날에 거래처에서 주문한 물건을 배달해야 하고, 소비되어서 줄어든 제품을 주문하고, 시장에 물건을 구매하러 온 손님들을 상대해야 한다.

"이번에 아주 기가 막힌 제품을 가지고 왔어요."

"어떤 건데?"

"식물성 포마드 크림이에요."

"그건 하나같이 엉망이잖아. 받아서 팔기 힘들겠는데……."

"보고 이야기하세요. 골든 이글은 그런 제품하고는 차원이 달라요."

감홍식이 자전거 짐칸 종이 상자에서 골든 이글을 하나 꺼내 들었다.

"보세요. 겉부터 때깔이 다르잖아요."
"정말이네. 이야! 상표는 정말 기깔 나게 뽑았구나."
"내용물은 더 좋아요."
감흥식이 뚜껑을 열었다.
황금색 크림이 빛나고 있었고, 기분 좋은 향기가 은은하게 퍼졌다.
"좋아 보이네. 그렇지만 사용해 보기 전까지는 모르는 일이지. 빛 좋은 개살구일 수도 있으니까."
성수 엄마가 끝까지 의심을 풀지 않았다.
그도 그럴 것이 국내산 식물성 포마드 크림을 판매했다가 머리카락 색이 변질되는 등의 부작용으로 손님들에게 욕을 먹은 적이 많았기 때문이다.
"틀림없다니까요."
"받아도 될까?"
"그럼요. 저 한번 믿어 보세요. 한 상자 드리고 갈게요. 그리고 이건 골든 이글의 장점을 적어 놓은 종이에요. 손님들에게 판매할 때 이야기해 주시면 돼요."
"윤기가 자르르 흐르며 향기가 나고, 세정 후 끈적거리지 않다고? 일제 식물성 포마드 제품을 뛰어넘는다고? 상품을 팔아먹으려고 좋다는 표현을 있는 대로 가져다 붙였구먼, 쯧쯧쯧!"
성수 엄마가 혀를 찼다.

"사실이라니까요. 제가 직접 사용해 봤어요."

"알았어. 믿는다니까. 한 상자 놓고 가 봐. 팔아 볼게. 가격이 어떻게 돼?"

"공급 가격이 40환이에요. 판매 가격은 70환으로 하시면 됩니다."

"헉! 뭐가 그리 비싸. 그런 가격으로는 팔기 힘들어."

성수 엄마가 기겁했다.

국내산 포마드 크림의 가격이 20~30환이다.

그런데 70환이라고?

두 배가 훌쩍 넘는 엄청난 가격이다.

사실 판매 가격을 놓고서 회사에서 약간의 이견이 발생했다. 회사의 사람들이 제품 가격이 너무 고가라면서 우려를 나타냈다.

'골든 이글은 싸구려가 아니다. 저렴하게 팔지 않아.'

차준후가 오롯이 책정한 가격이다.

일제 식물성 포마드 크림이 시중에서 백 환 넘게 판매되고 있었다. 엄청 비싼 가격에도 불구하고 없어서 못 팔 지경이었다.

'일본 제품보다 탁월한데 70환이면 아주 혜택을 보는 일이지.'

고가 정책!

명품을 만들어 가려고 했다.

어렵고 힘들다고 해서 시장과 타협하며 골든 이글을 팔기는 싫었다.

"정해진 가격이니까 저렴하게 팔면 절대로 안 돼요. 저가로 팔다 걸리면 물건을 회수하고, 다시는 공급해 드리지 않아요."

감홍식이 40개가 담긴 골든 이글 상자 하나를 넘기고 이동했다.

외상 거래였다.

억지로 떠넘기다시피 했기에 외상으로 준 것이기도 했고, 적지 않은 회사들이 상점에 물건들을 외상으로 납품하고 있다.

처음에는 신제품을 창업 회사가 외상으로 납품하기에도 쉽지 않다.

"자! 보셨죠? 이제부터 흩어져서 영업을 뛰면 됩니다. 헤어지기 전에 따라서 복창하세요. 아자! 해내자. 팔 수 있다."

"아자! 해내자. 팔 수 있다."

"아자! 해내자. 팔 수 있다."

시장 한복판에서 차준후가 따라서 복창했다.

일찌감치 시장에 나와서 장을 보던 사람들과 상인들이 그들을 바라보았지만 민망스럽지 않았다.

"안녕하세요, 사장님. 스카이 포레스트 화장품 회사에

서 나왔습니다. 식물성 포마드 크림인 골든 이글을 보여 드리려고 찾아왔습니다."

쌀집 자전거를 끌고 가던 차준후가 화장품 가게를 발견하고 영업을 뛰었다.

"거래하는 업체 있어요. 가세요."

"정말 좋은 물건입니다. 한번 보시기만 하세요."

골든 이글을 꺼내어서 보여 줬다.

세련된 상표를 두르고 있는 모습이 멋있었다.

그러나 상인은 애당초 관심을 기울이려고 하지 않았다.

"안 받는다니까요. 가세요."

상인이 짜증 난 목소리로 강하게 이야기했다.

"불편을 끼쳐 드려 죄송합니다. 안녕히 계십시오."

차준후가 고개를 숙였다.

'쉽지 않네.'

쌀집 자전거를 힘차게 끌었다.

원래 영업을 뛰다 보면 잡상인 취급을 받기 마련이었다.

"안녕하세요. 스카이 포레스트 화장품 회사에서 나왔습니다. 식물성 포마드 크림 골든 이글을 가지고 왔습니다."

손에 골든 이글을 든 차준후가 새롭게 발견한 화장품

상점 여직원에게 정중하게 말을 걸었다.

"골든 이글이라고요? 무슨 뜻인가요?"

말끔한 플라스틱 용기를 눈에 확 띄는 세련된 상표가 두르고 있었다. 용기가 투박하다는 단점을 제외하고는 일제 화장품에서나 볼 수 있는 멋진 외관 모습이었다.

"영어로 골든 이글이고, 우리나라 말로 황금 독수리입니다."

"보여 주세요."

젊은 여인이 호기심을 드러내며 차준후를 맞았다.

"황금처럼 반짝이는 황금색 크림입니다. 윤기가 자르르 흐르고 향기까지 나는 고급스런 포마드 크림입니다. 머리를 감고 난 이후에 끈적거리는 느낌도 없는 제품입니다."

"호호호호! 말로 듣기에는 정말 좋은 물건이네요. 한 상자 줘 보세요."

여인이 시원하게 골든 이글을 받기로 결정 내렸다.

빠르게 결정을 내린 이면에는 스카이 포레스트에 대한 소문을 들었던 탓이다.

직원들을 제대로 대접하는 훌륭한 회사라고 들었다.

그런 회사에서 만든 제품이라면 믿고 받을 수 있다고 판단했다.

"감사합니다."

차준후가 쌀집 자전거에서 골든 이글 한 상자를 꺼내서 내려놓았다.

영업에 성공했다는 희열과 즐거움이 밀려왔다.

처음 방문했던 상점에서 받았던 감정은 씻은 듯이 사라졌다.

"명함 한 장 주고 가세요."

"여기 있습니다."

차준후가 지갑에서 명함 한 장을 꺼내어 내밀었다.

"헉! 영업 사원이 아니라 스카이 포레스트 사장님이셨어요?"

여인의 눈이 커졌다.

쌀집 자전거를 끌고 영업을 뛰기에 직원인 줄만 알았다.

그냥 말로만 들었는데 정말 젊은 사장이었다.

"제가 사장 맞습니다."

차준후가 속으로 영업 사원용 명함을 따로 파야겠다고 생각했다.

영업 사원 자세가 나오지 않네.

사장이 아닌 영업 사원으로 조용하게 영업을 뛰고 싶을 뿐이다.

"권지혜라고 해요. 작은 가게이지만 사장이고요. 혹시 애인 있으세요?"

"사업에만 집중하고 있습니다."

"더 좋네요. 제가 간혹 연락드려도 될까요?"

적극적으로 관심을 표하는 여인이 차준후를 빤히 쳐다보았다.

"안 됩니다."

차준후가 선을 분명하게 그었다.

"영업으로 전화를 드려도 되죠?"

"……됩니다."

영업 사원이라면 거래처의 전화를 받아야지.

"골든 이글 포마드 크림 효과와 제품 판매가, 납품 가격 등이 적혀 있습니다."

차준후가 종이를 한 장 내밀었다.

슥!

권지혜가 받아 들면서 슬며시 차준후의 손을 훑었다.

"헉!"

생각지도 못했기에 차준후가 놀랐다.

"어머! 실수였어요."

그 모습을 지켜보는 권지혜의 입가에 미소가 진해졌다.

'누가 봐도 의도적이었어.'

기가 빨린 느낌이었다.

종이만 가볍게 잡으면 되는데 왜 손등을 훑느냐고?

"그럼 수고하세요."

차준후가 작별 인사를 하고서 쌀집 자전거의 손잡이를 잡았다.

"연락드릴게요."

권지혜가 손을 흔들며 배웅했다.

약간의 해프닝이 있기는 했지만 골든 이글 상자 한 박스 영업에 성공했다.

"영업에서 별의별 일이 다 벌어진다고 하더니, 정말로 그렇구나."

차준후가 상점에서 멀어져 가며 중얼거렸다.

애당초 무시당할 각오까지 했는데, 여인에게 전화번호와 사장이라는 정체를 넘기게 될 줄은 미처 몰랐다.

"재밌네."

차준후가 피식 웃었다.

적극적으로 접근하는 권지혜의 모습이 귀여웠다.

이성적 관심이 아닌 앙증맞고 귀여운 딸을 보는 듯한 느낌이라고 할까?

그냥 곱게 지켜보며 잘 키워 주고 싶었다.

그게 전부다.

시장에 사람들이 점점 많아지고 있었다.

따르릉! 따르릉!

자전거 종을 울렸다.

"지나갈게요. 쌀집 자전거가 지나갑니다. 짐칸이 크니

까 조심하세요."

차준후가 쌀집 자전거를 끌고서 나아갔다.

아직 한 상자 더 남았다.

마지막 한 상자까지 팔고 회사로 돌아갈 작정이었다.

* * *

골든 이글이 시장에 풀린 지 며칠이 지났다.

아직까지 반응이 미적지근했다.

사용한 사람들에게서 괜찮다는 이야기들과 호평이 연달아 튀어나오고 있지만 비싼 가격 때문인지 폭발적인 반응으로 이어지지 않았다.

이럴 때 필요한 게 뭐?

바로 마케팅이었다.

사람들에게 알릴 수단이 필요하다.

사장실에서 차준후가 추가로 설치한 전화기를 들었다.

"월간천하 기자실 부탁합니다."

- 연결해 드릴게요. 잠시만 기다려 주세요.

교환원의 음성과 함께 전화기에서 신호음이 울렸다.

월간천하.

월간 잡지로 대한민국에서 가장 판매 부수가 많은 곳이다.

- 전화 받았습니다. 월간천하 기자 이하은이에요.

"안녕하십니까. 용산에 스카이 포레스트 화장품 회사를 창업한 차준후 사장입니다."

- 스카이 포레스트라고요?

"일제에 버금가는 식물성 포마드 크림을 만들었습니다. 조만간 출시하려고 하는데, 인터뷰를 할 수 있겠습니까?"

- 인터뷰라고요? 그건 곤란해요. 확인되지도 않은 이야기를 바탕으로 기사를 올릴 수는 없어요.

전화로 전달되는 이하은의 목소리가 냉랭하다.

기사를 통해 과도하게 홍보하려는 회사들의 작태가 많은 탓이었다.

일제에 버금간다고?

광물성이 아닌 식물성 포마드 크림이라고?

신뢰가 전혀 가지 않는 이야기였다.

사기꾼이다.

"확인하라고 인터뷰를 하자는 거잖습니까. 방문하면 직접 알 수 있는 일이지요. 싫다면 2순위인 월간미녀에 인터뷰를 요청해야겠지요. 이번 인터뷰 거절을 두고두고 후회하실 겁니다."

아쉽기도 했지만 그렇다고 싫다는 걸 억지로 인터뷰할 생각이 없다.

일제에 버금간다는 표현은 낮춘 거다.
솔직한 생각으로 일제를 뛰어넘었다고 말하고 싶었다.
그런데 봐라!
버금간다고 말한 걸로도 목소리가 냉랭해졌다.
이처럼 신뢰가 가지 않을 때는 전화 통화로 말할 필요 없이 직접 두 눈으로 보게 해 줘야 한다.
자신감이 확고한 차준후의 태도에 전화기에서 잠시 동안 아무 소리도 들리지 않았다.
사기꾼이라고 생각했는데.

특종

- ……제작 과정을 보여 주시겠다는 말인가요?
"전부는 안 되지만 일부는 가능하지요."
- 용산 어디로 가면 되나요?
"용산 238-1번지 스카이 포레스트로 오세요."
- 바로 출발할게요.
전화기를 내려놓았다.
"월간천하 잡지에서 여기자 한 명 올 겁니다. 경비소에 통보해 주세요."
"나갔다가 올게요."
종운지가 문을 열고 나갔다가 잠시 뒤에 돌아왔다.
'오대양 창업주가 일제에 버금간다는 식물성 포마드 크림 최초 개발이라는 제목을 달고 잡지에 홍보를 해서 큰

방향을 일으켰지.'

 월간 잡지의 일등 월간천하가 아닌 2등 잡지인 월간미녀에 회장의 인터뷰 기사가 실렸다.

 '최고로 뛰어난 제품에는 일등 잡지사가 어울리지.'

 당당한 태도를 선보인 탓에 차준후가 2등이 아닌 1등 잡지사와 인터뷰를 하게 됐다.

 눈에 확 띄는 세련된 회사 로고와 스카이 포레스트라고 영어 필기체로 멋들어지게 그려진 간판이 무척 인상적이었다.

 찰칵!

 이하은이 공장 입구에서부터 회사를 배경으로 사진 한 장을 찍었다.

 "안녕하세요. 월간천하 기자 이하은입니다. 여기 사장님 인터뷰하러 왔어요."

 "이야기 들었습니다. 들어가시면 됩니다. 건물 안으로 들어가면 사장실이 보일 겁니다."

 목에 사진기를 걸친 이하은이 회사를 살피면서 걸었다.

 활기 넘치는 사람들로 북적거리는 회사였다.

 입가에 미소를 짓고 있는 사람들에게서 행복감이 폴폴 피어났다.

"사기꾼 회사는 아닌 걸로 보이는데……. 정말 일제에 버금가는 식물성 포마드 크림을 만들어 냈을까?"

도착하기까지만 해도 여전히 의구심이 짙었다.

그러나 회사에 들어서면서 반신반의하는 마음으로 바뀌어 버렸다.

"처음 뵙네요. 월간천하 기자 이하은입니다."

"차준후입니다."

의자에서 일어나고 있었다.

"식물성 포마드 크림을 만드셨다고요? 바로 보여 주실 수 있나요?"

보여 주지 않으면 칼부림을 할 정도로 날카로운 눈초리였다.

"갑시다."

사장실을 벗어나서 제조실로 향했다.

이미 이야기를 전해 뒀기에 관계자 외 출입 금지인 제조실 문이 활짝 열려 있었다.

"여기 이분이 제조실을 책임지고 있는 공장장님입니다. 제작 과정을 보여 주세요."

"네."

최우덕이 미리 계량해 놓은 원재료를 스텐 통에 집어넣었다. 마지막 배합물들이 기존 혼합물에 합류되었고, 전원을 넣자 자동 믹서가 아래로 내려와 통 안에서 움직이기 시작했다.

"사진 찍어도 되나요?"

자동 믹서로 포마드 크림을 만드는 과정을 생생하게 목격하고 있는 이하은이 카메라를 만지작거렸다.

최우덕이 차준후를 바라보았다.

"찍으세요."

차준후가 승낙했다.

자동 믹서가 신기해 보일지 몰라도 대단한 기술도 아니었다.

중요한 건 원재료의 배합 비율과 순서, 제작 공법 등이 핵심이었다.

식물성 포마드 크림에 들어가는 원재료에 대해서는 역량 있는 화장품 제작사라면 모두 알고 있다고 해도 무방했다.

'급해서 사용한 제조 시설 장비이다. 기회가 닿으면 싹 바꿔 버릴 물건들이지.'

단순한 화장품 제조 시설이 아니라 높은 기술력이 가미된 시설 장비를 원했다.

찰칵!

이하은이 자동 믹서가 돌아가는 스텐 통을 한 장 찍었고, 제작실이 전부 보이는 전체 사진도 찍었다. 밸브를 통해 흘러나오는 혼합물이 플라스틱 용기에 들어가는 장면도 사진에 담았다.

"재스민 향기가 나네요?"

"재스민 향기를 나게 만들었으니까요."

"이게 정말 일제에 버금가나요?"

"몇 병 줄 테니까, 주변 사람들에게 줘 보세요. 사용하면 일제 포마드 크림보다 좋다고 할 겁니다."

"실례일 수도 있겠지만 물어볼게요. 기술을 이전받아서 만든 일본 제품 복제품인가요? 아니면 용기 갈이를 한 물건인가요?"

이하은이 물었다.

딱 봐도 범상치 않은 제품이다.

그렇기에 더욱 의심이 갔다.

"헛소리! 복제품도 아니고 용기 갈이를 한 것도 아니요. 내가 처음부터 직접 만들었소."

최우덕이 발끈했다.

"공장장님이 수많은 연구 끝에 개발하신 건가요?"

"아니오, 사장님이 기술을 알려 주셔서 내가 만들고 있는 거요."

"뭐라고요?"

화들짝 놀란 이하은이 동그랗게 치켜뜬 눈으로 차준후를 바라보았다.

팔자 좋은 도련님처럼 보이는 저 사람이 식물성 포마드

크림을 개발했다고?

처음에 놀랐지만 이내 눈을 갸름하게 치켜떴다.

직원의 성과를 낚아채는 사장들을 많이 목격한 탓이다.

"볼 걸 다 봤으니 사장실로 갑시다. 골든 이글은 일제 화장품을 뛰어넘었습니다. 그러니 복제품이라고 폄하하지 마세요. 복제를 한다면 일본이 우리 제품을 따라 하겠지요."

비난의 눈초리를 접했지만 차준후가 미소와 정중함을 잃지 않았다.

엄연한 사실이었기에.

변명하거나 설명할 필요를 느끼지 못했다.

이하은이 진정한 자신감이 무엇인지를 차준후의 응대를 통해 알 수 있었다.

두 사람이 다시 사장실로 돌아갔다.

책상 위에는 네 개의 골든 이글이 놓여 있었다.

"이것들은 선물입니다. 그리고 며칠 전부터 골든 이글이 후암 시장 상점에서 팔리고 있습니다. 시장을 찾아가면 생생한 사용 후기를 들을 수 있을 겁니다."

"시장에 방문해 보죠. 가기 전에 부탁이 있어요."

"뭔가요?"

"사장님 사진 한 장 찍어도 될까요?"

이하은이 차준후를 사진에 담고자 했다.

당당하고 자신감 넘치는 도련님을 사진 찍으면 차후에 좋은 일이 일어날 것만 같았다. 조만간 큰 기사를 낼 수 있겠다는 예감이 머리를 스치고 지나갔다.

"거절하죠. 제 인터뷰가 아닙니다. 골든 이글에 대한 인터뷰입니다. 우선은 순수하게 골든 이글만 알리고 싶습니다."

차준후가 잡지에 사진이 올라가는 걸 반대했다.

'올라가면 골든 이글이 주목받지 못하고 내가 더욱 주목을 끌지 않을까?'

수많은 여인이 즐겨 보는 월간천하 잡지이다.

독자들 가운데는 호사가들이 많았고, 차준후를 알아보는 자들이 분명히 있다.

엄청난 재산을 상속받은 차준후가 화장품 회사를 차렸다?

게다가 일제 화장품을 뛰어넘는 골든 이글을 출시했다고?

대한 뉴스에 다시 등장할지도 몰랐다.

'뭐야? 이 남자, 자신감이 엄청나게 강하네. 자신이 뭐라고 골든 이글보다 높게 평가하는 거야.'

이하은이 속으로 툴툴거렸다.

그런데 콧대 높은 차준후의 모습이 왠지 모르게 멋있어 보였다.

"시장을 돌아보고 사용 후기가 좋으면 다음 달 잡지에

기사로 올릴게요."

"다음 달 월간천하 잡지를 구매해야겠군요. 정기 구독을 신청합니다. 다음 달부터 회사로 세 부씩 보내 주세요."

차준후가 기사 등록을 확신하고 있었다.

앞으로 잘나갈 화장품 회사인데 사장과 직원들이 볼 월간천하 잡지 세 부 정도는 있어야겠지.

"감사해요."

이하은이 고개를 숙였다.

월간천하 기자들은 달마다 정기 구독을 열 개 이상씩 받아 오라는 편집장의 닦달을 받는다. 기사를 쓰기 위해 방방곡곡을 돌아다니며 정기 구독 영업까지 뛰어야만 하는 신세다.

기자들 사이에서 영업 사원인지 기자인지 모르겠다는 푸념을 늘어놓는다.

"다음에 연락드리고 찾아뵐게요."

이하은이 차준후와의 차후 약속을 예고했다.

화장품 회사 사장이었기에 다시 보자고 할 수 있었다.

"전화부터 주세요. 그리고 조만간 지면 광고를 낼 생각입니다. 그 전에 기사를 내면 특종이라고 할 수도 있겠네요."

차준후가 말했다.

새로운 제품 분백분을 출시하면 월간 잡지 기자를 만날 일이 많을 것 같았다.

"일제에 버금가는…… 아니, 뛰어넘은 식물성 포마드 크림입니다. 지면 광고에 실릴 문구이죠. 그걸 먼저 알아보고 기사로 낸다면 중요한 기사 특종입니다."

"특종이라고요?"

자신도 모르게 그녀의 목소리가 높아졌다.

"기자님, 특종 내 본 적 있어요?"

"……."

대답이 없다.

월간지 월간천하에 기자로 입사한 뒤 열심히 일해 왔지만 특종과는 거리가 멀었다.

사실 일간지에 지원했다가 낙방하고 월간천하에 취업한 아픈 기억이 있다.

"대답해 주세요. 있어요?"

"건져 보지 못했죠. 월간지 기자는 특종과 거리가 멀어요."

이하은이 고개를 푹 숙이며 고백했다.

그러면서 변명을 내뱉었다.

사실 틀린 것도 아닌데…….

특종은 보통 일간지에서 터진다.

"패배 의식인가요? 그럼 월간지 기자는 평생 특종을 터트리지 못하겠네요."

"저도 특종을 내고 싶어요. 하지만 의지만 가지고 있다고 해서 되는 일이 아니라고요."

날마다 발행되는 신문, 일간지에만 특종이 있다고 생각하는 사람들이 많다.

그러나 특종의 정확한 의미는 어떤 특정한 신문사나 잡지사에서만 얻는 중요한 독점 기사이다.

어렵고 힘들어서 그렇지, 가뭄에 콩 나듯이 월간지 기자가 특종을 충분히 낼 수 있다는 소리다.

"기자님, 얼마 전에 한일 축구에서 우리 대한민국이 이긴 거 기억나시죠?"

"물론이죠. 목이 터져라 응원했어요. 이겨서 얼마나 좋았는데요."

한일 축구전은 스포츠이기도 하지만 한국인들에게는 전쟁이나 마찬가지다. 축구 선수들이 전쟁에 나간다고 말하며 절대 패배하지 않겠다고 다짐한다.

패배하면 대한해협에 빠져 죽겠다!

사생결단의 각오로 임한다.

"일본을 쓰러뜨렸다, 일본을 무너뜨렸다, 일본을 이겼다, 일본을 박살 냈다. 한국인들의 가슴을 설레게 만드는 마법 같은 말들이지요."

차준후의 말을 듣고 있는 이하은의 심장이 강렬하게 두근거렸다.

모든 면에서 일본에 뒤지고 싶지 않은 게 바로 한국인의 마음이다.

"축구를 비롯한 스포츠에서는 일본을 자주 이기지만 아쉽게도 거의 모든 방면에서 일본이 한국보다 우위에 있습니다. 일본은 좋아하지 않지만 일제 물건이라면 뛰어난 품질이라고 추켜세우며 이용하는 게 바로 현실이지요. 일본의 기술력을 인정할 수밖에 없는데, 일제 식물성 포마드 크림을 찍어 누르는 우월한 국산 제품이 출시됐다면 어떨 것 같습니까?"

차준후가 웃으며 말했을 때 이하은의 눈동자가 지진이라도 난 것처럼 흔들렸다.

"한국인이라면 열광할 수밖에 없죠."

앞으로 어떤 일이 벌어질지 머릿속에 상상이 됐다.

"일본을 이겼다! 이 한마디 문구로 골든 이글을 정리할 수 있지요. 시간이 지나면 골든 이글은 높은 창공으로 비상할 겁니다."

"그 말, 장담할 수 있나요?"

"시간이 자연스럽게 알려 줄 겁니다. 그리고 여러 사람이 알게 되면 더 이상 특종이 아니겠지요."

담담하게 말하는 그의 모습에 여유와 자신감이 넘쳐 났다.

꿀꺽!

이하은이 침을 삼켰다.

갈증이 났다.

특종 냄새가 난다.

기자 특유의 본능적인 감각으로 느꼈기에 곧바로 자리에서 일어났다.

"안녕히 계세요. 기사 쓰러 가 봐야겠네요."

"기대하죠. 잘 가세요."

차준후가 작별 인사와 함께 사장실에서 빠져나가는 이한은을 보며 생각했다.

'떠먹여 주다시피 해 줘서야 느끼다니, 소름 끼치도록 늦은 감각이구나. 허투루 기사를 작성하는 기레기가 아니라는 점은 좋았다. 꼼꼼하게 살펴보고 기사를 작성할 테니까. 기다려 보자.'

이하은이 스카이 포레스트를 벗어났다.

"택시! 택시!"

지나가는 택시를 붙잡았다.

끽!

택시가 멈췄다.

그녀가 몸을 집어넣듯이 던졌다.

"기사 아저씨! 후암 시장으로 가 주세요."

* * *

"점원 아가씨."

"언니, 어떤 물건 찾으러 오셨나요?"

후암 시장 화장품 상점에 이하은이 방문했다.

"월간천하 이하은 기자예요. 여기에 골든 이글 포마드 크림이 있나요?"

"아! 그 물건이요. 여기 있어요. 며칠 전에 들어왔는데, 찾는 사람들이 꾸준하게 늘고 있어요."

"스카이 포레스트라는 신생 회사에서 나왔다고 들었어요. 처음 보는 물건인데 어떤가요?"

"입소문이 굉장해요. 저도 하나 사서 아버지에게 선물해 드렸어요. 한 번 사용해 보더니 아버지가 절 효녀라고 말씀하시네요."

"그래요? 뭐가 좋다고 하나요?"

"기존 제품은 머리를 꼼꼼하게 감아도 끈적거린다고 하셨어요. 그런데 골든 이글은 세척하면 끈적거리는 느낌이 싹 사라진다고 하셨어요. 부드러우면서 윤기가 탁월하며 향기로운 제품이라고 극찬하셨죠. 제가 옆에서 봤는데 반짝반짝 머리카락이 빛나는데 은은한 향기까지 나더라고요."

양 갈래로 머리를 땋은 여점원이 빠르게 입을 놀렸다.

상품 설명이 스카이 포레스트 회사 영업 사원 못지않았다.

"단점은 없을까요?"

"음! 단점이라면 가격이 비싸요. 그래서 좋은 제품이라고 구매를 제안해도 사람들이 외면하고는 해요. 그래도 한 번 사용하면 결코 후회하지 않을 제품이죠."

사람들은 평소 사용하던 화장품을 쉽게 바꾸지 않는다.

골든 이글은 가격이 다소 높았기에 구매에 있어서 약간의 저항감이 있었다.

"극찬이네요."

"이런 제품을 국내 화장품 회사가 만들었다는 게 놀라워요. 아침마다 영업 사원들이 영업을 뛰러 오고 있어요. 저도 취직하고 싶은 마음이 생길 정도로 참 좋은 회사라고 하더라고요."

"하나 주세요."

이하은이 열심히 노력한 여점원에게서 골든 이글을 하나 구매했다. 다른 상점들도 방문하면서 시장 조사를 이어 나갔다.

모든 상점이 호평을 내놓았다.

실제로 일제보다 좋다고 말하는 손님들이 늘어나고 있다고 했다.

"차준후 사장이 당당하게 말한 게 모두 사실이었어."

마침내 진실을 알아차렸다.

온몸에 전율이 흘렀다.

마땅치 않게 진행한 인터뷰가 큰 복으로 이어졌다.

"돌아가서 곧바로 골든 이글 기사를 쓰자!"

후암 시장을 벗어나서 택시를 부르고 있는 이하은의 뇌리에 골든 이글에 대한 기사 작성 내용이 떠올랐다 사라지기를 반복했다.

다음 달 잡지 마감이 하루밖에 남지 않았다.

시간이 급박하다.

급하게 기사를 작성해서 편집장에게 허락을 받아야만 했다.

"다음 달 특종상은 내가 차지한다."

이하은의 눈에 뜨거운 열정이 가득 넘쳤다.

특종상.

정확하게는 특종 단독 보도 부문상이다.

기자들에게 주어지는 영예로운 상!

한국 기자 협회에서 매달 가장 인상 깊은 기사를 낸 기자에게 수여하는 상이다.

대부분 일간지 기자들만 받아 왔다.

가뭄에 콩 나듯이 월간지 기자들이 받을 수 있는 특종상을 이하은이 정조준하며 욕심냈다.

탁!

이하은이 마침내 펜을 내려놓았다.

스카이 포레스트에서 나오고 난 뒤 정말 정신없이 움직

였다. 후암 시장을 방문하고 난 뒤 월간천하로 돌아와서 골든 이글 기사를 작성했다.

"됐어."

기사를 바라보면서 웃었다.

월간천하를 3년 동안 다니고 있지만 이처럼 만족스런 기사는 처음이었다.

"가자."

의자에서 부산스럽게 일어나 편집장실을 찾아갔다.

"편집장님, 이 기사 봐 주세요. 다음 달 잡지에 올라갈 아주 중요한 기사입니다."

"하은아! 혹시 돈 받아먹었냐?"

분명 처음에는 미소를 띠고 있는 얼굴이었는데 기사를 읽은 편집장 신인군 얼굴이 냉랭했다.

"미쳤어요? 뭔 말도 안 되는 소리를 하고 난리예요."

"그런데 왜 이런 헛소리 만연한 기사를 가지고 왔어? 제목이 일본 후지산이 무너졌다, 일본 압도 골든 이글이라고? 딱 봐도 믿기 힘들잖아."

"헛소리가 아니라 진짜예요. 제가 스카이 포레스트를 직접 방문해서 제작 과정까지 확인했어요."

"아직 멀었구나. 진짜로 좋은 식물성 포마드 크림을 봤다면 허접한 자신들의 골든 이글을 용기 갈이를 한 걸 거다. 네 눈앞에서만 일제 물건을 보여 준 거지. 허접한 물건을 시장에 팔아먹고 말이야. 아직도 이런 걸 모르면 대체 어쩌자는 거냐? 기사 가지고 돌아가서 찢어 버려."
"호호호호!"
이하은이 배를 붙잡으면서 웃었다.
어떻게 자신이 공장에 찾아가서 했던 말과 한 치도 다르지 않는 건지.
지금 다시금 생각해 보니 얼굴이 화끈거렸다.
'날 얼마나 우습게 봤을까?'
차준후 사장을 떠올리니 부끄러움에 얼굴이 절로 붉어졌다.
"미쳤냐? 왜 웃고 난리야?"
신인군의 얼굴이 일그러졌다.
"시각이 진짜 협소하시네요. 우리가 언제까지 일본에 짓눌려야 하나요? 적어도 하나 정도는 일본을 무너뜨릴 수도 있지 않겠어요?"
"그랬으면 좋겠지. 하지만 시궁창 같은 대한민국 현실을 봐라. 아직 일본을 따라가기에는 멀었어."
"보세요."
"보긴 뭘 봐."
이하은이 불쑥 골든 이글을 들이밀었다.
세련된 상표를 몸에 두르고 있는 골든 이글 용기가 반짝거렸다.

"겉보기는 좋네. 그래서?"

"제가 직접 두 눈으로 보고 왔어요. 사진으로도 찍었고요. 기자로서의 목을 걸고 말하는데, 이건 진짜라고요."

"이야! 단단히 현혹됐네. 그리고 네 목의 가치는 그다지 없어. 헛소리로 도배된 기사를 잡지에 올렸다가는 오히려 내 목이 날아가. 그러니까 좋은 말로 할 때 돌아가라."

"사용해 보세요. 진짜 향기와 윤기가 좋은지, 그리고 세정력이 진짜로 탁월한지 당직실에 딸린 화장실에 직접 겪어 봤으니까요."

골든 이글 용기의 뚜껑을 따서 내밀었다.

상쾌한 향기가 실내에 퍼졌다.

황금색으로 빛나는 투명한 크림이 반짝거렸다.

"이야! 이거 때깔 좋다. 용기 같이 한 일제 물건이라 정말 보기 좋구나."

"일제 물건들 가운데 금빛으로 빛나는 걸 본 적이 있나요? 이처럼 기분 좋은 향기가 나는 제품 봤어요? 이건 최초라고요."

미친 듯이 돌아다니며 시장 조사까지 마친 그녀다.

혹시라도 조사가 부족했을까 여기저기 지인들에게 전화까지 돌려 가며 확인까지 마쳤다.

"그러네. ……혹시 색소 탄 거 아닐까?"

"병이라고 할 정도로 정말 중증이네요. 국내산 화장품이 일제 화장품을 박살 낸 거라고요. 좀 믿고 삽시다. 닥치고 사용해 보고 오세요. 기사를 다음 달 잡지 가장 좋은 위치에 올려 주지 않으면 경쟁사인 월간미녀에라도 투고할 거니까요."

"어허! 끔찍한 소리 하지 마라. 요즘 월간미녀 판매량이 올라가서 그렇지 않아도 머리가 아프다."

"끔찍한 소리는 편집장님이 하고 있고요. 저는 이번 기사에 목숨을 걸었어요."

"네 목숨이 그 정도 가치가 없다니까. 하도 난리를 치니까, 사용해 보고 이야기하자."

신인군이 골든 이글을 건네받았다.

"아! 그거 70환이에요. 취재비로 결제해 주셔야 해요."

"말도 안 돼. 너무 비싸잖아."

"일제 물건은 시중에서 백 환이 넘어요. 70환이면 아주 저렴한 가격이에요."

"끄응! 갔다 와서 이야기하자."

적막해진 편집실에 홀로 남은 이하은이 의자에 다리를 꼬고 앉았다.

'다음번 취재는 언제 나갈까?'

골든 이글과 차준후를 생각하자 입가에 절로 미소가 새어 나왔다. 대수롭지 않게 생각했던 화장품과 차준후가 커다란 존재감으로 다가왔다.

'심층 취재를 해 봐야지.'

스카이 포레스트와 차준후에 대해 더 자세히 알고 싶었다.

그때였다.

콰앙!

편집실 문이 벌컥 열렸다.

머리카락에 물을 뚝뚝 떨어뜨리는 신인군이 모습을 드러냈다.

"이하은! 이 물건 대체 정체가 뭐야? 네 말처럼 정말 대단한 걸작이다."

"스카이 포레스트에서 출시한 골든 이글이요. 차준후라는 사장이 개발했다고 하네요."

"네 말처럼 정말 일제 물건을 압도하잖아. 한국 화장품 회사가 만들었다는 사실만으로도 기적이다."

신인군은 화장실에서 사용해 보고선 경악했다.

"잘 아시네요. 사용해 보니까 알겠죠? 어라! 편집장님. 일제 물건 사용하면 안 된다고 매일 입버릇처럼 부르짖더니, 압도한다는 걸 어떻게 아셨어요?"

이하은이 눈을 새초롬하게 치켜떴다.

"험험험! 그게 중요한 게 아니잖니."

품질 좋은 일제 식물성 포마드 크림을 사용해 오고 있

던 신인군이 슬며시 시선을 돌렸다. 여태까지 머리카락에 사용하는 포마드 크림을 주변에는 미국제라고 이야기해 왔다.

"머리에 바르고 다니던 거 일제죠?"

"아니라니까. 일제라면 치를 떠는 사람이 바로 나다."

"맞는 것 같은데……."

"편집장의 말을 하늘처럼 믿고 살아라. 그건 그렇고, 차준후? 어디서 많이 들어 본 이름인데……."

신인군이 고개를 갸웃거렸다.

들어 본 이름 같은데 도통 누구인지 떠오르지를 않았다. 그러다 뒤이어 들려온 목소리에 상념이 물거품처럼 사라졌다.

"하늘처럼 믿기는 뭘 믿어요. 말도 안 되는 소리 하지 마세요. 그리고 듣기는 어디서 들어 봐요? 처음 본 젊고 잘생긴 사장님이던데. 이상한 소리 하지 마시고, 기사 어떻게 하실 거예요?"

"이하은! 더 자극적으로 작성해서 올리자. 일본 박살! 일본 타도! 일제가 더 이상 국내에 발붙일 곳은 없다."

"너무 심한 거 아닌가요?"

"심하지 않아. 자극적인 기사가 한국인들의 감성을 웅장하게 차오르게 해 줄 거다. 지금까지 항상 당해 오기만 했잖아. 이번에 한 번 제대로 보여 주자."

"뭘 보여 주려는 건지 모르겠네요. 그래도 한번 해 보죠."

"마감 시한까지 달려 보자. 기사가 마음에 안 들면 인쇄기 멈춰 놓으라고 할 거다."

"편집장님. 분명히 말하는데 이거 제 독점 기사예요."

"알았다. 같이 나눠 먹자고 하지 않을 테니까 걱정하지 마라."

"역시 제가 존경하는 편집장님이세요."

"이럴 때만?"

"그렇죠. 평소에는 미워 죽겠더라고요."

"이건 특종이다."

"특종이지요. 제 기자 생활 처음으로 특종을 보도하는 거예요."

"아! 감정이 차오른다. 이 맛이지. 이래서 내가 사표를 내지 않는 거야. 위에서 최고 경영진들이 판매 부수로 압박하고 밑에서 너 같은 기자들이 반항해도 편집장을 때려치울 수 없다니까."

"흥! 정기 구독자 모집해라, 기사 제대로 쓰라고 닦달할 때 신을 잔뜩 내시기만 하던데요."

"다 너희가 잘되라고 하는 거야. 부모가 자식에게 교육 차원에서 하는 회초리질이다. 위에서 내리 갈굼 한 걸 고스란히 밑으로 전했을 뿐이야."

"헛소리도 참신하게 하시네요. 제가 편집장님 잘되라고 쓴소리 좀 해 드릴까요?"

"쓴소리는 내리사랑이라니까. 나부랭이 기자가 편집장에게 하면 하극상이지."

"하극상이고 뭐고 재미없는 소리 그만하세요. 다음 달 잡지가 나가면 걷잡을 수 없이 타오르겠죠?"

"잡지 판매량이 늘어나고, 골든 이글은 비상하겠지. 그리고 너는 특종을 보도한 기자가 될 거야."

신인군이 펜을 집어 들었다.

이하은이 편집장과 함께 편집장실에서 늦은 시간까지 기사를 자극적인 내용으로 뜯어고쳐 나갔다.

* * *

골든 이글이 시장에 풀린 지도 며칠이 흘렀다.

후암 시장과 남대문 시장을 중심으로 해서 서울 전역의 상점으로 넘어갔다.

스카이 포레스트에서 매일 열심히 만들어 내고 있었고, 감홍식을 비롯한 영업 사원들이 부지런히 영업을 뛰어다녔다.

구매한 사람들이 호평을 내놓고 있지만 아직까지 반응이 미적지근한 것이 사실이다. 그러나 반응이 확실하게 일어나고 있었다.

"사장님, 성운 유통사의 부사장님이 골든 이글 서울 총판 계약을 맺고 싶다며 찾아오셨어요."

종운지가 들뜬 표정을 지었다.

인기 폭발

"성운 유통사라고요?"
"서울 동부의 생필품과 화장품 등의 유통을 책임지고 있는 총판 가운데 한 곳으로 이름이 제법 있잖아요."
종운지가 목소리를 높였다.
사실 며칠 동안 마음고생을 했다.
뛰어난 품질의 골든 이글이 시장에서 제대로 팔려 나가지 않아 걱정스러웠다.
"이제 됐어요. 성운 유통사가 밀어준다면 골든 이글 판매는 걱정하지 않아도 된다고요. 이제 골든 이글 앞에는 꽃길이 펼쳐질 거예요."
"그래요? 꽃길은 애초부터 정해져 있었어요."
차준후가 대수롭지 않게 이야기했다.

그도 알았다.

이 시대에 유통사들이 공장보다 높은 위치가 있다는 사실을 말이다.

'골든 이글을 많이 팔려면 유통사에 납품했으면 됐겠지.'

편한 길이 있는데도 불구하고 유통사를 찾지 않은 데는 그들의 힘이 처음부터는 필요하지 않았기 때문이다.

'아무 성과가 없는데 들이밀었다가는 유통사에 질질 끌려다녔겠지.'

국내 유통사의 갑질은 미래에도 만연했다.

그리고 그런 관행은 해방 직후부터 시작됐다고 해도 과언이 아니다.

화장품 회사들은 직접적인 유통망을 갖추지 못했고, 유통사들이 상품을 공장도 가격으로 받아들여 도매가로 상점들에 넘기는 구조였다.

"들어오시라고 하세요."

차준후가 말했다.

"성운 유통사 부사장 유준수입니다."

양복을 입고 사장실로 들어선 30대 정도로 보이는 사내였다. 포마드 발라 치켜세우고 가른 머리카락이 반짝반짝 윤이 났다.

"스카이 포레스트 사장 차준후입니다. 앉으시죠."

"감사합니다."
"커피 드시겠습니까?"
"한 잔 주시지요."
"얼음 커피 두 잔 부탁합니다."
"네."
종운지가 탕비실로 향했다.
유준수가 사장실을 둘러봤는데, 실내에는 소파와 테이블, 그리고 사장과 비서가 있을 수 있는 사무 용품 등이 전부였다.
필요한 물품들만 있는 사장실은 딱히 대단해 보이지 않았다.
"사장실이 인상적이네요."
"담백함을 추구하는 제 취향이 고스란히 녹아 있는 공간이죠."
담백함 가운데 고급스러움을 추구한다.
마호가니 고급 원목으로 만든 책상과 테이블이다.
절제된 표현, 꼭 필요한 것들만 소유하는 미니멀 인테리어라고 할까?
지금 시대의 사람들은 과하더라도 화려함을 추구하고 있었다.
"그렇군요."
취향을 인정했다.

그러나 화려함에 익숙한 유준수에게 스카이 포레스트의 사장실이 너무 담백했다.

"이번에 골든 이글이라는 대단한 제품을 출시하셨더군요. 직접 사용해 봤더니 정말 좋았습니다. 오늘 아침에도 바르고 오는 길입니다."

유준수가 다리를 꼬면서 말했다.

"골든 이글을 사용해 줘서 고맙습니다."

"일본 제품을 주로 사용해 왔는데, 전혀 밀리지 않았습니다. 오히려 끈적거리는 느낌이 적어서 더 좋게 느꼈지요."

똑똑똑!

노크 소리와 함께 종운지가 쟁반에 얼음을 동동 띄운 커피를 가지고 들어와서 조심스럽게 테이블 위에 내려놓았다.

"얼음 커피예요."

"뜨겁게 마시고는 하는데, 얼음을 띄우다니 색다르네요."

"제가 좋아하는 커피입니다."

차준후가 커피를 입으로 가져가며 웃었다.

커피의 향긋한 냄새를 마시면서 시원한 커피를 한 모금 마셨다.

"이렇게 마시는 것도 좋네요. 다음부터 간간이 먹어 봐야겠네요. 무더운 여름에 마시면 좋겠네요."

유준수가 한 모금 마신 뒤에 이야기했다.

"사시사철 어울립니다. 추울 때 먹으면 그때도 좋지요."

한국인들의 아이스 아메리카노 사랑은 유별나다.

그런 사랑을 이른 시기부터 전파한다는 생각에 차준후가 미소 지었다.

"총판 계약을 맺기 전에 물어보고 싶은 부분이 있습니다. 골든 이글, 스카이 포레스트에서 직접 개발한 겁니까? 아니면 외부에 의뢰해서 나온 겁니까?"

"제가 직접 개발했지요."

"직접이요?"

"네."

유준수가 깜짝 놀랐다.

수많은 연구자와 개발자들이 달라붙어 만들어 낸 골든 이글이라고 판단했다.

그만큼 놀라운 제품이다.

"해외 유학파 출신입니까?"

"아닙니다."

"그런데 골든 이글을 직접 개발했다고요?"

"평소 화장품에 대해 관심이 많았습니다."

"그래요……."

말끝을 흐렸다.

도통 이해가 가지 않았다.

관심이 있다고 해서 만들어 낼 수 있는 수준이 아니었다.

"수많은 연구와 개발 끝에 만들어 낸 골든 이글입니다. 노력하다 보면 결국 결과물이라는 건 나오기 마련이니까요."

차준후가 많은 연구와 개발을 한 건 사실이다.

지금이 아니라 미래에서.

1960년대 사람들에게는 놀라운 제품이지만 차준후의 눈에는 여전히 부족한 골든 이글이었다.

기초적인 부분만 활용해서 간단하게 만들었기에 미래의 식물성 포마드 크림에 비해 많이 부족했다.

그럼에도 지금 시대에서는 다른 포마드 크림들을 압도한다.

"실례되는 말일 수도 있겠지만 골든 이글 판매량이 시원치 않은 걸로 알고 있습니다."

"틀린 말이 아니니까 실례라고 할 건 아니지요."

"제가 도와드리고 싶습니다. 총판 계약을 맺으면 유통하고 있는 거래처들에 골든 이글을 강하게 밀어 드릴 수 있습니다."

"한번 들어 보죠."

"일단 임의로 계약서를 작성해서 왔습니다. 수정할 수 있으니 가려서 살펴봐 주시면 됩니다."

"그러죠."

차준후가 계약서를 살폈다.

서울 유통에 대한 모든 권한을 가지겠다는 내용이 주였다. 공장도가를 30환으로 책정해 놓았고, 판매 가격을 알아서 책정하겠다는 조항이 보인다. 다른 부분들이 길게 쭉 늘어져 있지만 중요하지 않다.

"좋은 제안을 주셨지만, 독점 계약은 어렵습니다."

애당초 만나기 전부터 독점으로 서울 총판을 줄 생각이 없었다.

다만 회사까지 직접 찾아온 수고와 골든 이글을 알아봐 준 고마움 때문에 이야기를 나누고 있었다.

"조건이 마음에 안 드시면 수정할 수 있습니다. 어디가 마음에 들지 않는 겁니까?"

유준수가 테이블에 바짝 다가서며 물었다.

진지했다.

어떻게든 골든 이글에 대한 계약을 따내겠다는 자세였다.

"골든 이글을 공급해 드릴 수는 있습니다. 그러나 독점 계약은 불가능합니다."

"계약금을 파격적으로 지불하겠습니다. 원하시는 금액

이 어떻게 됩니까? 총판 계약을 해서 성운 유통사의 힘을 이용하면 골든 이글은 엄청나게 팔려 나갈 겁니다."

"계약금은 중요하지 않습니다. 그리고 유통사를 이용하면 골든 이글의 판매량이 단시간에 폭증하리란 것도 압니다."

"그러니까 총판 계약을 맺으시죠. 성공이 보장된 길입니다."

"하나 물어보겠습니다. 골든 이글이 실패할 것 같습니까?"

"……그렇지는 않겠지요. 그러면 제가 스카이 포레스트를 찾아오지도 않았을 테니까요. 성공할 겁니다."

유준수가 골든 이글의 밝은 미래를 인정했다.

갈증을 느꼈는지 커피를 벌컥벌컥 마셨다.

"시간의 문제일 뿐이지, 성공은 확정입니다. 그리고 기다림의 시간도 길지 않습니다. 이제 곧 강렬하게 터지겠죠. 적어도 다음 달을 넘기지 않게 만들 거니까요."

차준후가 자신만만하게 말했다.

"자신감이 대단하시네요."

"그만큼 대단한 물건 아닙니까. 그리고 그걸 제가 만들었습니다."

강한 자신감에 눈살을 찌푸릴 수도 있었다.

그러나 그런 자신감이 오만함으로 보이지 않았다.

"공급을 받을 수는 있다고 말씀하셨습니다. 우선적으로 물량을 받을 수 있는 겁니까?"

"제일 먼저 찾아온 유통사이니까 대우를 해 드리는 것이 맞겠지요."

차준후가 다리를 꼬았다.

"빨리 찾아와서 다행이군요."

꼬았던 다리를 풀며 자세를 바르게 한 유준수의 표정이 밝아졌다.

총판 계약을 따내지는 못했지만 우선적인 위치를 얻어 냈다.

나쁘지 않았다.

"요구 사항이 있습니다."

"말씀하시지요. 계약금을 원하십니까?"

"계약금은 필요 없습니다. 골든 이글을 30환의 공장도가로 가지고 갈 때 현금 구매가 조건입니다. 그리고 판매 가격을 비롯한 부분도 스카이 포레스트의 정책을 따라야 합니다."

"판매 가격 부분은 괜찮습니다. 그런데 현금 구매는 다소 과도한 요구 사항입니다. 어음을 지불해 드릴 수는 있습니다만, 유통사에서는 현금으로 물건을 구매하지 않습니다."

곤란했다.

공장에 어음을 지불하는 게 유통사의 현재 관례이다.

공장에서 받은 물건을 상점이나 거래처에 판매하고 난 뒤 받은 자금으로 다다음 달에 보통 공장에 지불한다. 판매 대금이 두 달 이후에나 공장으로 입금되는 셈이다.

"평범한 물건이라면 그렇겠지요. 그러나 없어서 못 팔 물건이라면 다르지 않겠습니까?"

차준후는 유통사의 관례를 따르고 싶지 않았다.

유통사를 통하지 않아도 상관없다.

직접 유통을 해 버리면 되니까.

'방문 판매가 해답이다.'

유통사를 거치지 않고 직접 판매까지 생각하고 있었다.

'지금은 생산 물량이 많지 않아. 판매할 수 있는 물건도 골든 이글 하나뿐이고. 분백분과 다른 상품들을 만들면 그때 방문 판매를 시작하자.'

차준후가 화장품 업계에 지각 변동을 일으키려 하고 있었다.

방문 판매!

오대양 회사가 한 단계 더 도약한 계기이기도 했다.

"알겠습니다. 총판 계약금으로 가져온 돈을 골든 이글 구매 대금으로 사용해야 하는군요. 유통사로 돌아가면 사장님인 아버지에게 한 소리 들을 것 같네요."

고민하던 유준수가 결국 받아들였다.

후계자 교육을 받고 있었다.

그런데 후계자가 그만이 아니라 다른 세 명이 더 있었다.

만약 성과를 내지 못하면 다른 자식들이 성운 유통사 사장 자리에 앉게 된다.

그는 골든 이글에 후계자 자리를 걸고 투자한 것이다.

"좋은 판단이 될 겁니다."

"저도 잘될 거라 생각하고 내린 결정입니다."

"며칠 뒤에 나올 유월 월간천하 잡지를 살펴보세요."

차준후가 우려하는 유준수를 보면서 한마디 툭 던졌다.

"월간천하 잡지요?"

"골든 이글 기사가 나올 겁니다."

"정말입니까?"

"기자님이 취재하고 갔습니다. 기사가 일본 제품을 압도하는 내용으로 나올 겁니다."

회사에서 보고할 생각에 걱정스런 표정의 유준수 얼굴이 환하게 밝아졌다.

월간천하!

대한민국 일등 월간 잡지에 골든 이글 기사가 실리면 얼마나 파격이 클까?

"일본에 당한 게 많은 한국인들이 기사를 보면 아주 난리가 나겠군요. 사장님, 골든 이글 제품 얼마나 공장에 있습니까? 제가 다 구매하고 싶습니다."

앞날을 예측할 수 있었다.

골든 이글을 폭풍 구매하는 사람들의 장면이 머릿속에 그려졌다.

"재고는 많지 않습니다. 만드는 족족 시장에 풀고 있으니까요."

"남은 재고 전부 주시지요. 그리고 4천 개의 골든 이글 추가 주문을 하겠습니다."

유준수가 12만 환이라는 거금을 과감하게 질렀다.

그가 후계자의 위치에서 개인적으로 유용할 수 있는 10만 환을 살짝 상회한 금액을 무리하면서까지 투자했다.

10만 환 이상의 금액은 아버지의 허락이 필요했다.

'이건 된다. 무조건 되는 일이야.'

후계자의 자리에 한 걸음 다가섰다는 흥분감이 마구 밀려왔다.

그러다가 문득 골든 이글을 직접 개발했다는 차준후의 이야기가 떠올랐다.

"혹시 다른 화장품에 대한 계획이 있으신가요?"

"물론이지요. 남자들을 위한 포마드 크림을 만들었으

니, 다음에는 여자들을 위한 분백분을 생각하고 있습니다. 남녀 공용의 물건도 준비하고 있고요."

남녀 공용은 골든 이글과 유사하게 제작할 수 있는 다른 제품, 입술 보호제를 염두에 두고 있었다. 입술 보호제에 광택을 주면 여성들이 사용하는 립글로스가 된다.

"분백분이면 파우더를 말하는 거군요. 분백분과 남녀 공용의 그 제품도 특별한가요?"

분백분은 얼굴을 보정하기 위해 바르는 것으로 파우더를 생각하면 된다.

"제가 만들면 다릅니다. 특별한 상품을 만들기 위해 독일까지 가서 기계를 들여올 생각이니까요."

"해외에서 기계를 가지고 오기 쉽지 않을 텐데요. 상공부에서 허락을 받아야 하는 일입니다. 대통령이 하야하고, 시절이 어수선하기에 돈이 있다고 해도 허락받기가 쉽지 않을 겁니다."

유준수가 우려를 표했다.

상공부는 해외에서 들어오는 물자를 배당하고 통관에 필요한 모든 행정을 총괄하는 정부 부처이다. 화장품 업계에 필요한 수입 원료 또한 상공부 소속 업무이고, 해외의 시설 장비를 구매하는 것도 상공부의 허락이 떨어져야 가능하다.

* * *

"어렵지 않을 것 같네요."

차준후가 중얼거렸다.

재무부 차관을 지냈던 아버지를 둔 그다.

재무부와 상공부는 긴밀하게 연결되어 있었고, 아버지와 깊은 인연을 맺은 상공부 공무원들이 적지 않았다.

정 어렵다면 돈으로 밀어붙이면 된다.

조건을 만족시키지 못할 뿐, 거래를 성사시키지 못하는 이유는 개인이나 국가나 마찬가지다.

"네?"

"아닙니다. 그 건은 제가 알아서 해결할 문제니 걱정하지 않으셔도 됩니다."

"그러네요. 제가 오지랖이 넓었습니다."

"아닙니다. 생각해 주신 거 알고 있습니다."

"여기 12만 환이 있습니다. 골든 이글 물량이 만들어지는 대로 연락 주십시오. 차량을 보내겠습니다."

총판 계약금으로 가져왔던 십만 환과 자신이 가지고 있던 이만 환을 합쳐서 내밀었다.

"만드는 대로 연락드리지요."

"연락 기다리겠습니다."

유준수가 고개를 숙인 뒤에 사장실에서 나갔다.
"와아! 사장님, 골든 이글을 대량으로 판매했어요. 그것도 현금으로요."
숨죽인 채 지켜보고 있던 종운지가 호들갑을 떨었다.
테이블 위에 놓인 12만 환의 거금을 바라보는 눈동자가 흔들렸다.
"이제 시작일 뿐이야. 판매금을 법인 통장에 넣으세요."
"네, 혹시 모르니까 표주봉 아저씨하고 함께 은행에 다녀올게요."
12만 환을 집어 든 종운지의 손이 마구 떨렸다.
난생처음 목격한 거금이다.
이런 거금을 만져 볼 수 있다는 사실만으로도 심장이 요란하게 뛰었다.

* * *

월간천하 잡지 발매일이다.
정기 구독자들에게 월간천하 월간지가 배달되었고, 서점과 상점에 배치됐다.
코팅되어 반짝거리는 표지에는 붉은 글씨체로 일본 후지산이 무너졌다라는 자극적인 글귀가 적혀 있었다.

"일본 후지산이 무너졌어?"

"화산이라도 폭발한 거야?"

"바보야, 비유적인 표현이잖아. 골든 이글? 이건 또 뭔데?"

"나도 알고 있었어."

"무슨 내용인지 너무 궁금하다. 한 부 사야겠어."

"같이 보자."

길거리를 지나고 있던 행인들이 월간천하 잡지를 구매했다.

자극적인 기사에 흥미가 동한 행인들이 많았다.

"이야! 한국 화장품 회사가 일본 제품을 찍어 눌렀다고 한다."

"정말?"

"기사에 쓰여 있잖아."

"씁! 나 까막눈이다. 읽어 줘."

"미안하다, 친구야. 읽어 줄게. 일본 후지산이 무너졌다. 한국 화장품 회사 스카이 포레스트에서 출시한 골든 이글은 일본 포마드 크림을 완전히 압도하며 찍어 눌렀다."

"이야! 경사 났네, 경사 났어. 일본 놈들 콧대를 아주 박살 냈다는 소리잖아."

"이대로 있을 수 없지. 골든 이글 사러 가자."

"70환이나 한다고 하는데?"

"젠장! 담배 피우고 술 먹을 돈 아껴서라도 사야지. 그게 애국이야."

"오늘 한잔하려고 했더니……. 나도 하나 사야겠다. 가자."

"여기 골든 이글 포마드 크림 파나요?"

"그게 뭔가요? 처음 들어 보는데요?"

상점 주인이 되물었다.

"골든 이글도 없다니, 이 상점 못 쓰겠네."

"맞아, 다른 데 찾아가자."

물어봤던 두 명의 행인이 등 돌려서 사라졌다.

"그게 대체 뭐냐고? 이 사람들아, 적어도 알려 주고는 가야지."

상점 주인의 외침이 허무하게 울렸다.

이런 일이 서울 도처에서 벌어지고 있었다.

골든 이글에 대한 사람들의 관심이 급격히 증가하고 있었고, 마침내 많은 수의 상인들과 사람들이 골들 이글을 알게 됐다.

"한국인들의 감정을 자극하는 기사 내용이네."

차준후가 사장실에서 월간천하 골든 이글에 대한 기사를 읽고 있었다.

"일제 타도! 일제 박살! 자극적으로 잘 썼어."

읽으며 심장이 두근거릴 정도이다.

한국인들에게 언제나 통하는 이야기이기에 관계자인 차준후조차 흥분했다.

"뿌듯하네."

직접 개발한 골든 이글이 시장에서 대우를 받는다고 생각하니 절로 가슴이 웅장해졌다.

"전화 받았어요. 스카이 포레스트 사장실의 비서 종운지예요. 말씀하세요."

- 도화 상점의 권지혜예요. 거기 영업 사원 좀 바꿔 주세요.

"전화 잘못 거셨어요. 회사의 영업부서는 별도로 있습니다. 여기는 사장실입니다."

- 알고 있어요. 영업 사원 차준후 씨 연결 부탁해요.

"저희 사장님이신데요?"

- 네, 그분이요. 영업에 관련해서 전화해도 된다고 하셨어요.

"잠시만 기다려 주세요."

종운지가 손바닥으로 수화기를 가렸다.

"사장님, 도화 상점의 권지혜라는 분이 영업 사원을 바꿔 달라고 이야기하네요. 어떻게 할까요?"

"제가 받죠."

쓴웃음을 지은 차준후가 의자에서 일어나 전화기를 받아 들었다.

"차준후입니다."

- 안녕하세요. 근래 본 적이 없네요. 영업하러 안 오세요?

"바빴습니다."

- 어머! 남자가 바쁠 수도 있죠. 다 이해해요.

"무슨 일이십니까?"

- 골든 이글을 모두 팔았어요. 아까부터 사람들이 지속적으로 골든 이글을 찾고 있어요. 무슨 일이라도 벌어진 걸까요?

시장에서 벌어지고 있는 상황이 머릿속에 그려졌다.

생각만 해도 흐뭇했다.

인터뷰 한 방으로 미적지근하던 골든 이글 판매를 끌어올렸다.

"월간천하에 기사가 났습니다. 그 탓에 사람들이 찾고 있는 거고요."

- 아! 월간천하 기자가 시장에 나타났다고 하더니, 기사 때문에 온 거였구나.

소문을 빨리 접하는 마당발 권지혜였다.

- 골든 이글 세 박스, 아니 다섯 박스 보내 주세요.

"알겠습니다."

- 직접 오시나요?

기대감 어린 목소리가 전화기를 타고 전달됐다.

"그렇게 하죠."

차준후가 첫 영업을 뚫었던 거래처에 직접 골든 이글 다섯 박스를 배달해 주기로 했다.

점심도 먹었겠다, 식후 운동으로 쌀집 자전거를 타고 갔다 오기 딱 좋았다.

- 좋아하시는 시원한 얼음 커피 준비해 놓을게요.

"……."

차준후가 할 말을 잃었다.

이야!

아이스 아메리카노 좋아하는 건 어떻게 안 거니?

혹시 회사에 아는 사람이라도 투입해 놓은 거니?

- 잠시 후에 뵐게요. 손님이 오셔서 이만 끊어요.

뚜우우우! 뚜우우우!

신호음만이 들리는 전화기를 차준후가 가만히 내려놓았다.

"잠깐 영업 좀 나갔다가 올게요."

쌀집 자전거가 완만한 언덕길을 타고 올라갔다.

골든 이글 다섯 상자를 배달하고 돌아오는 차준후가 페달을 밟는 발에 힘을 줬다.

"훗! 커피에 설탕을 잔뜩 타다니……."

권지혜를 떠올리자 입가에 절로 웃음이 새어 나왔다.

담백한 아이스 아메리카노가 아닌 얼음 설탕 커피를 먹고 왔다.

"만날 때마다 통통 튀기는 재미를 선사하는 여인이라니까."

시큼 떨떠름한 아이스 아메리카노라며 설탕을 가미해야 풍미가 살아난다고 이야기하던 권지혜다.

"시럽 잔뜩 넣은 맛이었지."

신경을 기울여서 타 준 얼음 설탕 커피, 설탕물에 조금 가까운 커피는 나름 맛있었다.

"사람들에게 아이스 아메리카노는 맛이 없을 수도 있겠어. 다음부터는 손님들을 위해 설탕이나 시럽을 준비해 둬야겠군."

차준후가 만남을 통해 하나 배웠다.

설탕이나 시럽을 넣어서 달달하게 먹는 걸 선호하면 그게 좋은 거고, 커피 자체의 구수함이나 산미 등 원두의 맛과 향을 느끼는 걸 좋아하면 그대로 좋은 거다.

차준후의 취향은 아무것도 첨가하지 않는 시큼 떨떠름한 아이스 아메리카노다. 그래서 맛있게 먹었지만 다음부터는 설탕을 빼 달라고 부탁한 뒤 회사로 돌아가는 길이다.

쌀집 자전거가 공장에 도착할 때쯤이었다.
"골든 이글 주세요."
"여기가 골든 이글을 만든 스카이 포레스트지요? 골든 이글 사려고 현금 가지고 왔어요."
"5만 환 가지고 왔습니다. 이 돈만큼 물건 주세요."
정문 앞에 트럭들과 사람들이 몰려서 아수라장이었다.
얼마 전 직원을 채용할 때 목격했던 광경이 다시 한번 재현되고 있었다.
이번에는 골든 이글을 구매하러 온 상인들이었다.
월간천하가 전국으로 퍼져 나갔고, 골든 이글에 대한 소문이 빠른 속도로 전파됐다. 자연스럽게 사용하거나 구매하고자 하는 사람이 늘어났다. 그런데 골든 이글을 구매할 수 있는 곳이 적었다.
사람들의 반응이 폭발했고, 연쇄적으로 이어졌다.
돈이 된다는 사실에 서울 상인들이 달려들었고, 지방에서 상인들이 상경했다.
"목포에서 트럭을 끌고 왔어요. 서울에만 골든 이글을 풀면 어떻게 하나요? 지방도 생각해 주세요."
"전 남쪽 부산입니다. 하루 반나절을 달려서 왔다고요. 골든 이글을 주지 않으면 못 내려갑니다."
지방 상인들이 기필코 골든 이글을 구매해서 내려가겠다는 의지를 불태웠다.

"이 사람들아! 서울이 먼저야. 서울에도 물량이 딸려."

"맞아, 지방에서 올라온 게 무슨 벼슬이냐. 웃기는 소리 하고 있어."

"한판 붙자는 거냐. 내가 부산 바닥에서 알아주는 상인이다."

"천안 불광동에서 잘나가는 유한 상회라고 들어 봤냐."

"목포에서 제일 잘나가는 낙천 상회의 주인이 바로 나다. 오늘 돈지랄이 뭔지 보여 주지."

"어디서 듣도 보도 못한 지방 잡상인들이 와서 소란이야. 서울이 먼저다."

상인들이 저마다 골든 이글을 가져가야겠다고 난리였다.

정문에 나와 있는 머리를 긁적거리며 경비 표주봉이 난처한 표정을 짓고 있었다.

"여기서 이러시면 안 됩니다.

어떻게든 소란을 잡아 보려고 했지만 눈을 희번덕거리고 있는 상인들에게 씨알도 먹히지 않았다.

산전수전 다 겪은 상인들이었다.

역전의 전사라고 해도 쉽게 대응하지 못했다.

"사장님!"

표주봉이 쌀집 자전거를 타고 돌아오는 차준후를 크게 반겼다.

"당신이 스카이 포레스트의 사장이군요. 골든 이글을 팔아 주세요."

"제 돈부터 받으세요. 현금을 두둑하게 장만해서 왔습니다."

"제가 제일 처음 도착했습니다. 경비에게 물어봐요."

상인들이 앞다퉈서 차준후에게 몰려들었다.

겪어 봤기에 이런 경험도 익숙하다.

이럴 때 필요한 건 바로 확고한 대처이다.

"떼를 쓴다고 해서 해결될 문제가 아닙니다. 길거리에서 이러지 마시고 안으로 들어가서 이야기합시다."

차준후가 목청을 높였다.

월간천하 잡지 발매일 당일 사람들의 폭발적인 반응이 일어날 걸 짐작하기는 했다. 그리고 이런 일이 벌어질 거라고 어렴풋이 예상도 했다.

'이들은 팔리는 물건을 알아보는 감각이 예민할 정도로 빠른 상인들이야.'

잘 팔리는 물건이 등장하면 상인들은 공장으로 달려와서 물건부터 선점하려고 한다.

골든 이글의 위상이 한순간에 하늘 높이 비상했다.

마침내 예상했던 일이 이뤄졌다.

"표주봉 경비 아저씨, 문을 열어 주세요."

"네."

닫혀 있던 정문이 열렸다.
10여 대의 트럭들이 줄지어서 공장 안으로 들어갔다.

사장실 안에 차준후와 상인들이 들어섰다.
"얼음 커피 부탁해요. 다른 분들은 뭐 드시겠어요?"
"저도 그 얼음 커피 한 번 먹어 보죠."
"같은 걸로 주세요."
상인들이 하나같이 처음 들어 본 얼음 커피라는 걸 먹겠다고 이야기했다.
탕비실로 간 종운지가 얼음 커피를 타느라 분주했다.
"지금 전력을 다해 골든 이글을 생산하고 있지만 모든 물량을 맞춰 주기 힘든 실정입니다. 아직 시장에 내놓지 않은 골든 이글 물량이 3천 개 정도 있습니다. 그걸 여기 모인 분들께서 나눠서 가져가시면 됩니다."
영업하는 직원들이 열심히 뛰어다니며 상점에 골든 이글을 계속해서 밀어 넣고 있었다. 지속적으로 생산하고 있었지만 여유 물량이 많지 않았다.
무엇보다 골든 이글 원재료를 풍족하게 구하지 못하고 있었다. 사치품으로 규정되어 있는 탓에 원재료 시장 물량이 항상 부족했다.
"혼자 먹기에도 부족한 양인데……."
"내가 다 가져가고 싶다."

"웃기는 소리."

10여 명의 상인들이 서로를 살피면서 어떻게든 하나라도 더 가져가려고 했다. 다시 한번 정문 밖에서 벌어졌던 상인들이 다툼이 이어지려 했다.

"싸우지 마세요. 정 싸우려면 밖에 나가서 하시고요. 폭발적인 반응에 대응하기 위해 회사에서는 앞으로 직원을 확충하여 생산을 늘릴 생각이고, 생산 시설도 늘리려고 합니다. 14일 이내에 여기 모인 분들에게 공장도가로 저마다 천 개의 골든 이글을 약속하죠."

차준후가 상인들을 둘러보며 강하게 말했다.

가장 빠르게 달려온 상인들이었기에 대우를 해 주고 싶었다.

"간에 기별도 가지 않지만 젊은 사장이 저렇게 말하는데, 싸우지 말고 나눠서 가져갑시다. 나중에 천 개씩을 준다고 하지 않소."

"그렇게 하지요."

"좋소이다."

상인들이 다투지 않고 화평하게 해결했다.

차준후가 분명하게 기준을 세웠기 때문에 욕심을 낸다고 해서 될 문제가 아니다.

똑똑똑똑!

노크 소리와 함께 종운지가 얼음 커피를 가지고 들어왔다.

"시원하네요."

"이야! 얼음 동동 띄워서 먹으니까 좋구나."

"목을 시원하게 축여 주니 끝내줍니다. 다음에 나도 이렇게 먹여야겠소."

얼음 커피에 대한 반응이 폭발적이었다.

차준후가 상인들에게 아이스 아메리카노를 선보이고 있었다.

일찌감치 한국에 아이스 아메리카노의 인기가 휘몰아칠지도 몰랐다.

'이제 해외를 나갔다 올 때가 되었구나.'

차준후가 사업의 다음 발걸음을 구상하고 있었다.

(내가 제일 잘나가는 재벌이다 2권에서 계속)

환상이 숨쉬는 공간 파피루스 blog.naver.com/gnpdl7

『무신귀환록』『삼류회귀록』
무협의 귀재, 묘수가 돌아왔다!

『고금제일록』

하북 성도에 그가 나타났다!
일인전승의 신비 문파 수라문
그곳의 십대 문주 위천악!

"일인전승은 개뿔, 그게 밥 먹여 주고 돈 내주나?"

주춧돌 하나 제대로 없는 문파를
천하제일로 우뚝 세우기 위한
그의 유쾌한 행보가 중원을 가로지른다!

묘수 신무협 장편소설

고금제일록
古今第一錄

환상이 숨쉬는 공간 파피루스 blog.naver.com/gnpdl7

머리를 식힐 겸 떠난 영국 여행에서
불행한 사고를 당한 웹소설 작가 진한솔

"여기는…… 빅 벤?"

눈 떠 보니 낭만과 문학과 인종 차별이 숨쉬는
19세기의 대영 제국 한복판에 떨어져 있었다!

어떻게든 살아남아야 한다
항만 노동자부터 부잣집 머슴에 베이비시터까지!
발에 땀 나도록 열심히 산 그에게 찾아온 기회

"선생님! 아니, 작가님! 이제야 찾아뵙습니다!!"
"……작가님이라고요?"
"지금 런던에서 제일가는 소설을 쓰신 분이니까요."

그 기회가, 소설 작가라고?
이참에 대영 제국 놈들에게 사이다를 풀어 주겠다
펜 하나로 세상을 바꾸는 대문호의 집필이 시작된다!

대영제국에서 작가로 살아남기

고스름도치 대체역사 장편소설

환상이 숨쉬는 공간 파피루스 blog.naver.com/gnpdl7

poo 판타지 장편소설

회귀한 대마법사의 용사생활

마왕을 강림시키려는 악의 조직, 네크로를 거의 궤멸시킨 용사 파티
하지만 용사의 우유부단함으로 마왕이 강림하고 만다

그리고 그때 주어진 시간 회귀의 기적

"답답해서 내가 뛴다!"

소년일 때로 돌아온 네자르
그는 용사가 되기로 결심한다

"다시는 후회하지 않겠어."

압도적인 마법 재능, 유쾌한 언변술, 화려한 계략까지
마왕의 강림을 막고 세계를 구원하는 용사의 행보가 시작된다!